오해받기도
이해하기도 지친
당신을 위한
책

오해받기도
이해하기도 지친
당신을 위한
책

황유선 지음

커뮤니케이션 학자가 알려주는
사람을 해석하는 기술

다반

우리는 자기 자신을 이해하지 못하고 꼭 오해를 한다.
'누구에게나 자기 자신이 가장 멀다'라는 법칙은 영원히 존재할 것이다.

- 니체, 『차라투스트라는 이렇게 말했다』 중에서

울 고 웃 는
커뮤니케이션

"정말 참 이해가 안 되는 사람이군."

탐탁지 않은 표정을 지으면서 이런 말을 할 때가 많았다. 나의 상식으로는 도저히 수긍이 안 되는 말과 행동을 하는 사람들을 보면서 세상에는 별 이상한 사람들이 많다는 생각을 했다. 심지어 꽤 가까운 사람들과도 의견이 맞지 않을 때가 있고 그들과 소통하는 것이 수월하지 않아서 피곤해질 때도 종종 생겼다.

'사람이 사람을 이해한다는 것이 이토록 어려운 일이었던가.'

이와 같은 불편함을 안은 채 사회생활에서는 역시 대인관계가 가장 큰 장애물이라 확신하면서 어디 가서든 나와 잘 통하는 사람을 만나는 일은 행운이라 여겼다. 그리고 적지 않은 사람들이 내 생각에 동의하고 있음을 알았다.

"그런데, 당신의 직업은 무엇인가요?"

이 하나의 질문에 나는 당황스러워졌다. 남들이 이해 안 된다며 세상에는 희한한 사람들이 많다고 털어놓았던 불만이 부끄러워지는 순간이었다. 적어도 나는 그런 생각을 하면 안 되는 것 아니었을까.

나는 커뮤니케이션 학자다.

커뮤니케이션은 인간 상호 간의 소통, 인간의 태도와 행동에 대한 원인과 결과를 공부하는 학문이다. 정상적인 사회생활을 하는 세상 사람들은 대인관계를 맺고 타인과 메시지를 주고받는 소통을 하며 상호 영향을 미친다. 커뮤니케이션은 우리의 일상이자 우리 삶과 뗄 수 없는 현상이다. 그래서 커뮤니케이션 연구가 매력적이다.

내가 커뮤니케이션을 전공하기로 마음먹었을 때를 돌아봤다. 나는 커뮤니케이션이 꽤나 재미있는 학문이라고 믿으며 의욕적이었다. 비록 셀 수도 없이 많은 전공 서적과 저널을 읽어야 했고 논문 쓰기에 매진하느라 툭 하면 밤을 지

새워야 했지만 말이다. 그때 이후로 인간의 태도와 행동은 나에게 주요한 연구 대상이었다. 인간이라는 대상을 두고 그럴듯한 가설을 세운 뒤 과학적 검증을 통해 원인과 결과를 밝혀내는 것이 나의 할 일이었다. 그럼으로써 나는 사람에 대해 꽤 많이 알아가는 것 같았다.

여느 때와 다름없이 논문의 파도 가운데에서 허우적대다가 문득 마음이 싸해지는 느낌이 들었다. 어쩌면 내가 치열하게 수행하고 있는 인간 커뮤니케이션 연구가 정작 인간적이지 못한 것은 아닌지 의구심이 들었다.

내가 하고 싶었던 일은 인간 본연의 모습을 알아가는 탐구였다. 사람의 생각, 말, 행동의 의미와 역동성을 이해하고자 이전의 학자들이 수립한 커뮤니케이션 이론들을 섭렵했다. 나 역시 연구를 통해 인간 커뮤니케이션 이론을 확장했으나 정작 그러한 노력이 상아탑 안에 갇혀 버렸다는 느낌을 지울 수 없었다. 내가 몰입하고 있었던 '사람을 알아가는' 연구가 자칫 그 주인공인 사람들로부터 외면당하고 있는 것은 아니었을까.

나의 지인 중에 대인관계가 어려워서, 혹은 타인을 좀 더 잘 이해하고 소통 능력을 키우기 위해서 커뮤니케이션 전공

오해받기도 이해하기도 지친 당신을 위한 책

서적을 읽는 사람을 단 한 번도 본 적이 없다. 그들을 위한 지침서는 따로 있었다. 대부분은 SNS에서 확산되는 대인관계에 대한 짤막한 경구들을 참고하거나 서점에서 판매하는 책을 구매했다.

서점에는 인간행동과 말을 주제로 삼은 책들이 상당히 많다. 그 책들은 한결같이 재미있고, 유머와 위트를 담고 있고, 무엇보다도 친근한 주제를 소개한다. 커뮤니케이션 학자의 관점과는 전혀 다른, 그러나 누구라도 이해할 수 있도록 친절한 내용으로 가득 차 있다. 평범한 우리가 사람에 대해 품고 있는 다양한 질문과 답이 그 책들 속에 쓰여 있다.

내 머릿속에 다른 차원의 고민이 시작되는 이유가 되고도 남았다. 커뮤니케이션을 이토록 오래 그리고 깊이 공부한 나야말로 방법을 알고 있지 않은가. 나는 그동안 사람을 이해하고 원만한 관계를 유지하며 효율적인 소통을 수행하는 역학관계를 여러 각도에서 분석하며 찾아내고 있었다.

안타깝게도 최근 출간되는 각종 서적이나 기고문을 보면 방법을 찾기보다 당장 어려움을 회피하고 이기적으로 살기를 권유할 때가 많다. 다른 사람을 이해하기 어렵다면 굳이 이해할 필요 없이 나만 아끼며 살자는 권유. 쉽게 풀리지 않는 인간관계라면 즉시 포기하고 내면의 편안함이나 지키자는 권유. 남의 시선을 의식하지 말고 내 뜻만 귀하게 받들며 살아가라는 권유. 우리의 인간관계 속에 타인은 무시되고 있었다. 대인관계에 대한 염세주의적 관점이다. 그러다가는 이 사회가 점점 자기만 중요시하는 세상으로 바뀔지도 모른다.

인간 커뮤니케이션에는 상호작용이 전제된다. 인간관계가 어렵게 느껴지는 것은 상호작용이 작동하는 메커니즘을 우리가 잘 모르기 때문이다. 다른 사람의 인식, 태도, 말, 행동이 이상해서 고개를 갸우뚱하더라도 일상에서 경험하는 인간관계 속에는 늘 원인과 결과가 있음을 알면 된다. 우리가 직장에서 만나는 사람들의 변덕스러운 태도에는 언제나 그럴만한 이유가 존재한다. 이를 알면 오해가 이해로 바뀐다. 우리의 내면에는 이기적인 자아만 존재하는 것이 아니다. 공감하며 소통할 수 있는 잠재력도 크다.

내가 지금껏 학문적 대상으로 다루었던 인간의 이야기를 진솔한 사람 냄새 나게 좀 쉽게 풀어나가면 어떨까. 학자들끼리 나누는 전문적인 토론보다 보통의 사람들과 사람을 주제로 한 대화를 나눈다면 큰 보람을 느낄 것 같았다. 오해할 필요 없는 타인의 태도를 잘못 해석함으로써 꼬여 버린 인간관계의 실타래를 푸는 데 기여할 수 있으면 좋겠다.

나는 이 책을 읽는 이들이 지금보다 조금 더 자연스럽고 편안하게 사람들과 대화하고 교류하게 될 것이라고 믿는다. 인간관계는 어려운 일이 아니다. 약간의 지식만 쌓아도 우리의 인적 네트워크는 견고하게 확장될 수 있다. 이 책의 목표는 사람을 이해하는 가장 안전한 길로 우리를 안내하는 것이다. 올바로 된 지침을 쉽고 재미있게 알려드리고 싶다.

제2장 소통의 두 얼굴 알기

제3장 당신을 이해하는 길

제1장
나 자신을
먼저 알라

나는 '나는 누구인가?'에 대해 확실한 답을 줄 수 있는가.
다른 사람들과 원만한 관계를 맺고 소통하며 살아가기
위해서는 내가 어떤 사람인지 먼저 알아야만 한다.
내가 나를 모르는데, 남을 이해할 수는 없다.

"내가 어떤 사람인지
나는 과연 아는가?"

자아개념 self-concept

자아개념이란 나의 행동이나 가치관, 나의 능력, 나의 성격 등에 대해서 내가 어떻게 인식하고 있는가를 의미한다. 가령, '나는 친절한 사람이다.', '나는 쉽게 포기하는 사람이다.'와 같이 나에 대한 성향을 스스로 판단하여 나 자신을 정의하면 그것이 곧 내가 나를 의식하는 자아개념이다.

자아개념은 한 개인의 삶 전체를 좌우할 정도로 중요하다. 일단 자아개념이 정해지면, 우리는 자아개념에 근거하고 자아개념에 일치하는 방향으로 행동하고 말한다. 하루하루 자아개념에 맞는 삶을 살다 보면, 그것이 누적되고, 나의 인생이 된다. 자아개념은 얼마든지 달라질 수 있다. 어릴수록 변하기는 쉬우나 나이 들수록 자아개념이 확고해지기 때문에 잘 바뀌지 않는다.

애초에 멋진 자아개념을 갖는 것이 나의 멋진 삶을 위한 필수요소다.

- 로이 바우마이스터(Roy F. Baumeister)

예쁜 사람은
왜   성격도
좋을까 ?

"아이고~ 얼굴만 예쁜 게 아니고 어쩜 이렇게 마음도 예
뻐요!"

오늘도 이 말을 또 들었다.

마치 내가 절세미인이라도 된 듯, 입가에는 우아한 미소
를 띠고 더 상냥한 목소리로 눈가에 힘을 약간 더 넣으며 최
대한 착하고 아름다운 모습으로 대답을 했다.

"네에~"

외모에 대한 칭찬을 싫어할 사람이 누가 있겠는가만은 거
기에 더해서 마음도 예쁘다는 소리는 과찬인 걸 알면서도

하늘을 날 듯 기분이 좋아진다. 하지만 얼굴만 예쁘다는 얘기, 아니면 다른 건 몰라도 성격은 좋다고 하면 좀 다른 뉘앙스로 다가온다. 어떤 사람에 대한 평가가 외모와 마음 둘 중 하나에만 치중되면 어쩐지 칭찬이 아니라 다른 부족한 면을 애써 수습하려는 발언으로 들리기 때문이다. 그리고 대개는 실제로도 그렇다.

그래서 우리가 정말 듣고 싶은 얘기는 예쁜 사람이 성격도 좋다는 칭찬이다.

실제 주위를 둘러보더라도 우리가 아는 예쁜 그녀는 늘 웃는 얼굴인 데다가 남의 이야기를 왜곡해서 해석하지도 않는 것 같다. 착하고 순진한 그녀다. 우리는 예쁜 그녀가 평소에 남들에게 대접받고 마음의 상처 입을 일도 없으니 비뚤어질 여지가 없을 것이라고 확신한다.

반면, 못생긴 사람에 대해서는 어떨까?

얼굴이 못생긴 사람이 조금만 내 맘에 안 들게 행동하면 대뜸 우리는 못생겼기 때문에 성격마저 모나게 됐다고 쉽게 판단한다. 인기도 별로 없고 평소 대우를 못 받은 탓에 심술궂은 성격을 갖게 되었을 것이라는 그럴듯한 논리를 앞세우며 말이다.

살면서 한 번쯤 생각해 봤을 법한 이 가설은 어떠한 근거

오해받기도 이해하기도 지친 당신을 위한 책

로 세워졌으며 이 가설이 정말 들어맞기나 한 걸까. 결론부터 말하자면 반은 맞고 반은 틀리다. 우리가 먼저 알아야 할 것은 '나'에 대한 인식 즉 '자아'가 만들어지는 과정이다.

한 인간이 태어나 '나'라는 존재를 규정하는 '자아'가 안정되기까지는 시간과 경험이 필요하다. 인간은 이 세상에 태어나서부터 사회적인 존재로서 남들과 상호작용하며 살아가는데, 그동안 '나'를 인식하게 되는 다양한 사건을 겪는다. 좀 쉽게 말하자면, 내가 어떤 사람인지 스스로 정의 내리기까지는 제법 시간도 걸리고 어떤 환경에서 무슨 경험을 하는지가 중요하다.

한 예쁜 여자가 있다. 주변 사람들은 늘 그의 말에 귀를 기울이며, 그의 소소한 부탁이라면 흔쾌히 들어준다. 그녀는 딱히 남에게 거절당하는 경험을 별로 하지 않는다. 그의 인식 속에는 자신의 의사가 잘 전달되고 또 받아들여질 것이라는 믿음이 자연스럽게 자란다. 자신감도 함께 상승한다. 이것이 바로 남들이 나에게 보내 주는 반응, '반사평가'를 통해 형성되는 자아다. 그러니 굳이 돋보이기 위해서 무리하지도 않고 과장하지도 않으며 그저 부드러운 말로 남들에게 요청하고, 남이 부정적인 답변을 하더라도 악의가 있다고 여기지 않는다. 남의 말을 액면 그대로 받아들이며 상처도 잘 받지 않는다. 누구와도 자신감 있고 편안하게 대화할 수 있는 자아가 이미 형성됐기 때문이다. 긍정적인 태도와 원만한 성격을 가지는 것은 자연스러운 결과다.

이런 논리라면 꼭 외모가 출중해야 성격 좋은 자아가 만들어지고 외모가 그렇지 못하면 모난 성격의 자아를 갖게 되는 것일까?

그렇지 않다.

한 사람의 생각과 행동을 지배하는 '나'라는 인격체는 나의 겉모습에 반응하는 타인의 행위 즉, 반사평가로만 결정되는 것이 아니다. 타인과 소통하고 다양한 경험을 통해 생성된 깨달음이 궁극적인 자아를 인식하는 데 더 큰 영향력을 행사한다. 나의 됨됨이와 능력으로 인정받고 결정적인 사안에서는 외모보다 내면의 힘이 유효하다는 사실을 경험하며 자아를 견고하게 만들 수 있다. 이런 사실을 깨닫는다면 자신의 외모와 상관없이 타인과 멋지게 상호작용할 수 있다.

게다가 더 중요한 사실은 외모로 유리한 일들은 대개 일차원적이고 피상적인 사안이라는 것이다. 해도 그만 안 해도 그만인 일들이다. 의미 있고 심오한 차원의 상호작용에

오해받기도 이해하기도 지친 당신을 위한 책

서는 제법 시간을 갖고 사회적 경험을 통해 형성된 건강한 자아인식이 더 빛을 발한다. 그러한 사회적 관계를 통해 완성시켜 가는 것이 '나'라는 사실에서 희망적이다. 비록 내 외모가 출중하지 않아도 전혀 상관없다. 성격 좋고 능력 있는 사람은 시간이 가면 갈수록 매력 있는 인상을 갖는다. 그 결과, 멋진 분위기를 풍기는 모습으로 살고 있을 것이다.

내가 나를 어떻게 규정하고 자아를 형성할지는 나의 의지에 달렸다.

빼어난 외모가 아닐지라도 다른 면에서 인정받고 자신감을 갖는다면 이 사회는 나에게 호의적으로 돌아갈 것이 분명하다.

나 는
왜 하 필
나 인 가 ?

자아에 대한 개념이 채 세워지기도 전이었던 것 같다. 초등학교 입학 전부터 내 머릿속에는 이런 질문이 자주 떠올랐다.

"나는 왜 하필 나인가?"

이 질문은 그 후로도 십 년은 족히 더 이어졌던 것 같다.

세상에는 수많은 사람들이 있고 그들은 각자의 생각과 방식을 지닌 채 한 소중한 인간 객체로 살아가고 있는데 왜 나는 그 많은 사람들 중 바로 내가 되었나? 하는 의문이었다. 그들도 각자 '나'라는 자각 속에 살아가고 있을 텐데 자신만의 의식 세계를 소유한 그들이 타인인 나를 바라보는 상황

오해받기도 이해하기도 지친 당신을 위한 책

이 신기했다. 여하튼 나는 그 누구도 아닌 바로 '나'임이 신기했다. 십대가 되기도 전에 이런 철학자 같은 생각을 했다는 내가 기특하기도 했다. 한편으로는 자아개념이 일찍부터 발달된 것 아닌가 싶다.

> 내가 누구인지 궁금증을 갖고 내가 알아서 나를 규정하며 내가 어떤 사람인지 내린 결론이 바로 자아개념이다. 학문적으로도 내 성향을 비롯해 내가 어떤 사람인지 갖는 믿음이 바로 '자아개념(self-concept)'이라고 정의되었다.
>
> – 로이 바우마이스터(Roy F. Baumeister), 1999.

나에 대한 나의 정의, 즉 자아개념이 명확할수록 나와 남의 경계가 뚜렷하다. 그래서 쉽게 남의 의견에 휘둘리지 않고 남의 반응에 오락가락할 확률이 적어진다. 자아개념에 따라서 타인을 대하는 나의 말과 행동은 달라진다. 예를 들어, 나의 자아개념이 쾌활하고 긍정적인 사람이라면 다소 당황스러운 상황에 직면해서도 가급적 웃는 낯으로 사태를 대응하려 노력한다. 다른 사람들이 나에게 의외라고 말하더라도 아랑곳하지 않는다. '나는 원래 긍정적인 사람이니

까.'라는 자아개념이 뚜렷하기 때문이다. 또, 본인이 매사에 호들갑을 떨지 않고 남의 일에 관심이 없는 '쿨'한 사람이라는 자아개념을 갖고 있다면 옆에서 누군가 재미있는 가십거리를 떠들어 대도 대화에 적극적으로 잘 참여하지 않을 것이다. '나는 남 일에 간섭하지 않는 멋진 사람'이라는 자아개념을 떠올리며 남에 대한 가십은 궁금해하지도 않고 외면한다.

하지만 실제 자신이 살고 있는 모습과 자신이 갖고 있는 자아개념이 일치하지 않을 때 그 삶은 피곤하다. 언제 어디에서든 '불의를 참지 못하는 올곧은 성격'이라는 자아개념을 가진 사람이 회사에서 불의를 보고도 아무 말을 못 할 때가 있다. 상사에게 잘 못 보여서 회사에서 잘리거나 승진에 방해가 될지도 모른다는 걱정에 불의를 외면하거나 말도 안 되게 합리화할 수 있다. 당장은 그렇게 넘어가겠지만 자아개념이 강할수록 마음이 불편하다. 자괴감과 고민이 점점 자랄 것이다.

자아개념은 삶의 방향성을 결정할 만큼 중요하다. 지금이라도 내 자아개념을 돌아봐야 한다. 혹시 부모라면, 자녀의 자아개념이 건강하게 형성되도록 늘 신경 써야 한다. 자식의 평생을 좌우할 만한 막중한 임무라 해도 좋다.

자아개념이 일찌감치 발달되었다면 남을 잘 의식하는 능력이 생긴다. 남의 눈치를 본다는 것이 아니라 남의 생각과 의견을 충분히 이해하고 공감할 여유가 있다는 소리다. 나에 대해 뚜렷한 믿음이 있는 것만큼 남의 입장을 짐작하고 남을 배려하는 태도가 자연스럽게 우러나온다. 이렇게 나와 남을 잘 분별함으로써 얻을 수 있는 이득은 원활한 의사소통과 원만한 대인관계다. 결국, 나는 대체 누구인가, 나 자신은 어떤 사람인가를 먼저 깨달아야 남도 잘 이해하게 될 뿐 아니라 인간관계도 수월하게 풀린다.

도통 남들의 말과 행동이 이해되지 않을 때가 있다. 그런 사람은 그냥 더 보기도 싫고 복잡하게 생각하기 싫어서 그 상황을 무시해 버릴 때도 많다. 혹은 '도대체 당신이란 사람은 왜 그러느냐.'면서 불화의 씨앗을 던져 버리기도 한다. 그러나 온전히 그 사람의 입장이 되어서, 그의 자아개념 관점으로 나를 바라보면 해결책이 나온다. 내 행동이 완전히 옳지 않거나 내가 알지 못했던 부분을 확인할 가능성이 있다. 내 자아개념이 선명하지 못하면 남의 입장은 생각해 볼 겨를도 없다.

즉, '나는 도대체 하필 왜 나인가.'라는 자문자답은 자주 해볼수록 좋다. 나를 겸허하게 들여다볼 기회가 된다. 그 이후엔 타인과 세상을 바라보는 관점이 한결 편안해질 것이다. 하필 '내가 된 나'는 전 우주에 단 하나뿐이며 가장 소중한 존재임을 자각하면서 말이다.

오해받기도 이해하기도 지친 당신을 위한 책

을니이져 말으분아 반들기좋

목에 가시가 걸렸다. 큰 생선도 아니고 작은 죽방멸치를 먹다가 그 가시가 켁 하고 목에 걸려 버렸다. 별것 아니겠거니 하고 있었지만 그다음 날까지 목이 따끔거리며 이내 염증이 오른 듯 더 아파오기 시작했다. 덜컥 겁이 난 나는 근처 이비인후과를 찾기 시작했다.

나의 병원에 대한 취향은 으리으리한 인테리어에 멋지고 예쁜 간호사들이 있는 병원보다 옛날 감성 묻어나는 고전적인 병원에 더 호의적이다. 친절하고 푸근한 동네 언니 같은 간호사와 나이 제법 지긋한 노 의사 선생님이 있는 그런 병원 말이다. 왠지 나의 아픈 부분이, 엄마의 손길로 어루만

져지듯, 편안하게 나을 것 같기 때문이다. 집에서 걸어갈 수 있는 가장 가까운 이비인후과는 화려한 조명 불빛과 반짝반짝 대리석으로 바닥이 빛나는 아주 널찍한 병원이었는데, 아쉽게도 목에 가시는 빼주지 않는대서 발길을 돌렸다.

그래서 군이 운전을 하고 비교적 가까운 다른 이비인후과를 방문했다. 문을 열고 들어서는 순간 잘 찾아왔다는 확신이 뇌리를 스쳤다. 딱 내 취향의 병원이었다. 초진이었기 때문에 주민번호와 이름을 적어 냈다. 접수를 받는 간호사에게 목에 가시가 걸려서 왔다는 얘기를 하고는 부어오르는 목의 통증을 느끼면서 대기석 의자에 앉았다. 그때 간호사가 이렇게 말했다.

"어머나 80년대 생이라고 해도 믿겠어요. 여기 적으신 나이보다 십 년은 어려 보이세요!"

나이 들수록 세상에서 가장 듣기 좋은 말이 예뻐 보인다, 어려 보인다 아니겠는가.

좋아 죽는 웃음을 숨기며 나는 이렇게 말했다.

"마스크 써서 그래요. 다 가려서요."

하지만 그때부터 왠지 나는 십 년 더 젊어진 느낌이었고 목의 통증보다 어려 보이는 내 얼굴에 더 신경이 모이기 시작했다. 이윽고 의사 선생님 앞에 앉았다. 이미 기분이 붕

오해받기도 이해하기도 지친 당신을 위한 책

떠 있는 나는 약간은 귀여워 보일 듯한, 아니 아주 순수한 어린아이라는 표정을 하고는 목에 가시가 걸렸다고 말했다. 노 의사 선생님은 마치 어린아이를 다루듯이 나에게 친절했고, 급기야 아이에게 하듯 반말을 사용하기 시작하는 것 아닌가. 보통 때 같으면, 불쾌할 수도 있었겠으나 그 순간만큼은 그 반말이 너무 듣기 좋았다. '어려 보이는 나에게 제발 계속 반말을 써주세요'라고 속으로 외치고 있었다.

"자, 이제 마취약을 목에 뿌려 줄 텐데 꿀꺽 삼키지 말고 좀 머금고 있어야 해~"

나 정말 어려 보이는 걸까?

"네~" 하고 대답했다.

1분 뒤 의사 선생님이 다시 오셔서 말했다.

"이제 일어나서 저쪽 휴지통에 마취약이랑 침을 뱉고 오면 돼~"

의자에서 일어나 휴지통 쪽으로 가면서 나는 기분이 좋았다. 반말이 이렇게 듣기 좋을 수가.

꾸엑꾸엑을 몇 번 하며 가시를 뽑아내는 그 광경은 좀 우스꽝스러웠지만, 나에게는 그날의 아름다운 순간이었다. 치료를 마치고 계산을 하고 나서는데, 노 의사 선생님이 나오셔서는

"괜찮을 텐데, 혹시 또 불편하면 다시 와요~"

유치원 선생님이 어린아이에게 가르치듯 하는 그 말투가 끝까지 좋았다.

반말이 항상 기분 나쁜 것만은 아니다. 어떤 상황에서 어떻게 들었는가에 따라서 반말이 더 좋을 수도 있다. 사실 누군가와 더 친해지고 싶을 때도 상대가 나에게 반말을 해주면 좋지 않던가. 친해지고 싶을 때 우리는 "말씀 놓으세요."라고 한다. 말은 절대적인 것이 아니고 상황에 따라 얼마든지 유기적으로 의미가 변한다. 나의 자아개념조차 누가 나에게 어떤 말을 건네는가에 따라 영향을 받을 정도다.

나를 속이는 경력과 나

가끔 만나서 세상 돌아가는 이야기를 나누는 지인이 있다. 내가 대학생 시절부터 알고 지냈던 언니인데 지금까지 우리는 각자 자신의 분야에서 열심히 일해 오며 남모르는 애환을 털어놓기도 하고 즐거운 이야기도 나누면서 서로 격려하는 관계를 유지하고 있다. 그 지인은 일이 언제나 순탄하지는 않았지만, 고비가 있을 때는 혼자서 꾸역꾸역 위기를 잘 넘기면서 나름의 성공 가도를 달려왔다고 칭찬할 수 있는 사람이다. 그를 볼 때마다 활기차고 꾸준히 자신의 길을 가는 모습이 나에게 긍정적인 자극이 되었다.

불과 몇 년 사이 사회 분위기가 많이 달라졌다. 고용주와

피고용주의 근로계약 조건도 달라졌고 일과 삶의 균형을 중시하는 '워라벨' 풍토가 확산되면서 직원을 고용하고 사업체를 운영하는 일이 간단치만은 않게 된 것이다. 자연히 내 지인의 사업도 예전과 달리 팍팍한 경영현실을 맛봐야 했고, 그는 동종 업계의 사람들과 만나서 새로운 길을 모색하며 생존을 위한 궁리를 이어 갔다. 나와는 가는 길이 다르지만 일견 공감하는 부분이 있기에 그가 위기를 부디 잘 헤쳐 나가기를 바라는 마음으로 지켜보기만 할 뿐이었다. 이번에도 분명히 현명한 대처를 해나갈 것이라고 믿으며 말이다.

오랜만에 그 지인을 만나서 이런저런 이야기를 나누던 중 그는 아주 흥미로운 화두를 나에게 던졌다. 일하는 데 있어서 자신의 '나이'와 '경력'을 잊는다면 현재 나에게 닥치는 역경과 앞으로 내가 헤쳐 나가야 하는 상황을 얼마든지 즐길 수 있다는 것이었다. 순간 머리를 '띵~' 하고 한 대 맞은 것 같은 신선한 충격이 나를 휘감았다. 나는 그동안 나의 일을 마주하며 어떤 마음가짐이었나.

"이 나이에 내가 어떻게 그런 걸 한단 말이야."

"내가 지금까지 해온 일이 있는데, 저 일은 나랑 안 맞지."

나이를 먹고 경력이 쌓일수록 내가 할 수 있는 일을 점점 제한하는 말이다. 굳이 이런 말을 하지 않더라도 우리는 대개 나이와 경력을 의식하며 하지 않아야 할 일의 리스트를 점점 길게 작성해 나간다. 그러니 나이를 먹을수록 선택의 폭은 좁아지고 원대했던 포부는 위축된다. 간신히 지키고 있는 지금의 이 자리라도 유지하지 못하면 앞으로 내가 할 수 있는 일이 하나도 없을 것이라는 불안한 마음에 사로잡혀 한껏 꿈을 펼치겠다는 생각은 언감생심 떠올리지도 못한다. 한편으로는 지나간 젊음을 그리워하면서 무엇이라도 도전할 수 있었던 그때의 가능성을 부러워한다. 나도 모르는 사이 그렇게 점점 무력해진다. 일에 대한 권태는 따라오는 덤이다. 이런 느낌은 나이가 들수록 익숙해진다. 젊은 시절 패기는 온데간데없이 사라졌다.

다시 나의 지인의 상황으로 돌아가 보자.

그는 나이와 경력에 대한 짐을 내려놓으라는 멋진 말을 해놓고 곧바로 실천에 들어갔다. 사업장의 규모보다는 사업장의 성격에 무게를 두고 이전보다 젊은 취향으로 개선하면서 고객의 폭을 넓혔다. 내가 할만한 일은 아니라는 편견을 깨고 업종의 다양성을 강화하면서 사회변화의 급물살을 사방으로 대비할 수 있도록 했다. 무엇보다도, 그는 본의 아니게 불어온 일터의 새로운 변화를 즐기면서 앞으로의 인생도 만끽할 태세로 매일 출근을 하고 있다. 나이보다도 젊어 보이고 언제나 생기발랄한 그의 모습은 바로 이런 삶의 자세에서 나오는 것이 확실했다.

지금 내가 처한 상황이 왜 힘든가. 이유는 다양하겠지만 '나이'와 '경력'이라는 변수를 곰곰이 생각해 보면 명확한 단서 하나쯤은 찾을 수 있을 것이다. 나이와 경력이 나의 진심을 속일 수 있다. 나이와 경력의 굴레에 묶인다면 진취적인 자아개념은 끝이다. 나의 위대한 미래를 위해서는 그 굴레를 벗어나야 한다. 지금 내가 하는 일이 있다면 온전히 일의 속성만을 바라보고 나의 목표가 무엇인지에만 집중하는 것이 나를 속이지 않는 길이다. 내가 꿈꿔 온 나의 모습을 완성하기 위해서 나이와 경력은 잊어버리기로 하자.

나의 취향과 타인의 취향

난 우아한 사람이다.

음악도 클래식이 좋고, 술도 와인이 익숙하며, 포크 나이프 여러 개 써가며 먹는 코스 정찬이 편안하다. 이쯤 되면 티껍다고 싫어할 스타일인 것을 알지만 그것이 실제 취향인 것을 어떻게 하겠나.

매우 가까운 나의 지인은 이런 나의 취향을 존중하면서도 내가 재미있는 캐릭터라고 항상 웃어 주었다. 나는 반대로 투박한 지인의 취향을 놀리기 일쑤였다. 그러던 중, 고급 취향을 가진 사람이라는 나의 이미지가 한순간에 무너진 것은 꽁꽁 얼어 버린 아이스크림 때문이었다.

여느 때와 같이 식사를 했고 디저트로 아이스크림이 나왔다. 동그란 통에 들어 있는 하겐다즈 아이스크림이었다. 나는 초코 맛 그는 딸기 맛을 집어 들었다. 식당에서 아이스크림을 떠먹으라고 자그마한 스테인리스 숟가락을 주긴 했으나 아이스크림이 너무 얼어서 잘 떠지지 않았다. 내가 먹는 초코 맛 아이스크림이 좀 더 빨리 녹았다. 나는 손가락에 큰 힘을 써가며 간신히 한 입, 두 입 아이스크림을 떠먹었다. 아이스크림 통의 가장자리가 먼저 녹기 때문에 가장자리 쪽으로 숟가락을 끼워 넣은 뒤 아이스크림을 떠내면 좀 수월했다. 그 과정은 험난했으나 나는 우아하게 디저트를 음미했다.

반면, 딸기 맛은 여전히 얼음같이 단단했다. 그 와중에 내 지인이 아이스크림 겉면만 벅벅 긁어 대는 모습이 애처롭기도 하고 좀 더 우아하게 먹었으면 좋겠다는 마음에 내가 아이스크림을 대신 떠주겠다며 호기롭게 아이스크림을 건네받았다. 그런데 그 딸기 맛 아이스크림은 정말 돌덩어리처럼 단단했다. 어떻게든 숟가락을 아이스크림 통 가장자리로 집어넣어서 한 숟가락이라도 떠내겠다는 강력한 의지로 숟가락을 계속 밀어 넣었다. 순간, 뿌직 하면서 아이스크림 통이 찢어졌고 딸기 맛 아이스크림의 핑크색 맨몸이 드러났다. 흉측하게도 아이스크림 포장이 찢어지고야 말았던 것이다.

머쓱해진 나는 찢어진 아이스크림을 통을 그대로 그에게 돌려줬다. '나 같으면 이 지경이 된 아이스크림 못 먹을 거야. 종업원에게 얼른 치워 달라 해야지'라고 생각하는 순간 내 앞에 앉은 지인은 포크로 아이스크림을 푹 찍더니 아무렇지도 않게 그리고 맛있게 그 아이스크림을 먹기 시작했다.

"아이스크림은 원래 이렇게 먹으래? 하하."

그 모습이 어찌나 순수하고 귀여운지 나도 모르게 폭소가 터져 나왔다. 나의 우아함이라곤 찾아볼 수 없는 낄낄 웃음으로까지 이어졌다. 나는 박장대소를 멈출 수가 없었다.

우아함? 개나 줘 버려.

우아한 사람이 되려면 시간, 장소, 상황이 적절히 맞아떨어져야 한다.

나는 그 조건을 찾아다녔던 것이고 그깟 우아함이란 것은 대수롭지 않은 취향임이 아이스크림 앞에서 드러났다. 그리고 너덜너덜해진 아이스크림 통을 들고 웃으면서 아이스크림을 포크로 찍어 먹을 수 있는 그 여유에 나는 찬사를 보내고야 말았다. 우아함과는 거리가 멀지만 난 그의 취향에 진심으로 박수를 보냈다.

그리고 비로소 깨달은 것들이 있다.
우아함이 우월함은 아니다.
투박함 속의 여유는 정말 멋있다.
나의 취향이 소중하면 타인의 취향도 소중하다.
각자의 취향이 있을 뿐 좋고 나쁨은 없다.
내가 이런 사람이라는 것은 내가 정한 나의 모습일 뿐, 옳고 그름의 문제는 아니다.

그 때 가
가   장
행 복 한 때
맞 나 ?

여느 때와 같이 샤워를 하고 라커에서 머리를 말리고 있을 때였다.

나이 지긋하고 머리는 희끗희끗하며 정말 평탄한 세월을 살아오신 듯한 노인 둘이 같은 공간에 있었다. 그들은 오랜 세월을 함께 알고 지낸 듯했다. 이윽고 한 분이 자신의 딸과 어린 손자 손녀가 함께 있는 사진을 꺼내 들고 옆 사람에게 보여 주며 대화를 시작했다.

"이거 얼마 전 딸이 애들이랑 크리스마스트리 만들고 찍은 사진이에요."

"어머나, 손자 손녀가 참 예뻐요. 따님 얼굴도 좋아 보이네요."

"그렇죠! 지금 이때가 제일 행복하고 좋을 때죠."

"아… 네…"

딱히 크게 동의하지는 않는 듯한 떨떠름한 대답이었다. 그들의 대화는 길게 가지 않았고, 간단하게 몇 마디 더 소감을 나눈 두 노인은 인사 후 각자 할 일을 하러 간다면서 헤어졌다.

본의 아니게 옆에서 두 사람의 이야기를 들은 나는 갸우뚱했다.

지금까지 내 인생에서 가장 좋았던 때는 언제였나? 그 어른 말처럼 나도 아이들이 어릴 때, 바로 그 시절에 가장 행복했나? 그런데 나는 꼭 그런 것 같지는 않았다.

살면서 행복한 순간은 수도 없이 많았고, 언제가 가장 행복한 순간이었다고 손꼽기란 쉽지 않았다. 뿐만 아니라 어떤 순간에 가장 행복했다고 느꼈다가도 이후에 그보다 더 큰 행복을 느끼기도 하지 않았던가. 나 말고 다른 사람들도 비슷한 입장일 것이라는 생각이 들었다. 각자의 삶의 주기에서 가장 행복한 순간이 모두 같을 수는 없다. 인생에서 가장 '좋을 때'가 정해져 있지 않다. 결혼하고 아이가 태어나

오해받기도 이해하기도 지친 당신을 위한 책

그 아이들이 미취학 아동일 때 가장 큰 행복감을 느낀다는 법은 없다. 그럼 결혼하지 않고 아이도 낳지 않은 사람들은 어떻게 하나. 행복의 시기는 사람마다 다를 것이 분명하다. 무엇보다도, 행복을 추구하는 방식이 다르며 행복에 대한 정의조차 제각각이다.

그러니, 그 노인이 했던 말 "이때가 가장 행복하죠."는 행복함의 정도를 절대적인 점수로 평가했다기보다 딸이 참으로 아름다운 시간을 보내고 있는 순간을 '행복'이라는 단어로 포장해서 표현했다고 짐작된다.

그 한마디 말 때문에 여기까지 생각의 가지가 뻗으며 '내 인생의 황금기는 언제였을까'라는 물음으로 주제가 확장됐다. 그러면서도 무의식중에 '언제였을까'라고 과거형을 썼다는 사실에 흠칫 놀랐다. 인생의 황금기가 이미 지나 버렸다면 내 미래가 너무나도 허무하다. 나의 최고로 행복했던 순간이 지나 버려서 이제 하강하는 일만 남았다면 맥이 빠진다. 그래서 질문을 바로잡았다.

'내 인생의 황금기는 언제인가.'

우리는 나이를 먹을수록, 중년이 되고 노년기로 넘어갈

수록 과거의 행복했던 순간을 더 떠올리고 거기에 의존한다. 지인들을 만났을 때 과거 이야기만 하는 사람들이 있다. 현재의 초라함을 인증하는 줄도 모른 채 한참 지나 버린 추억만 되새기며 '나 그런 사람이었어. 난 참 행복했었어.'라고 위로한다. 대개 이런 부류들은 목소리도 크다. 식당에 앉은 사람들이 다 들을 정도로 떠벌인다.

살면서 행복했던 순간을 떠올리기보다 행복한 순간을 더 자꾸 만들어 가야 우리 삶이 더 행복해진다. 그렇게 해야만 나의 행복한 순간이 계속해서 나의 삶 속으로 몰려오게 된다. 이런 삶을 위한 첫걸음은 의식적으로라도 내 생각과 말하는 습관을 바꾸는 것으로부터 시작된다. 과거 행복했던 순간은 감사한 마음으로 깊게 간직하고, 내일, 다음 달, 그리고 내년의 행복한 순간들에 대해서 계속 꿈꿔야 한다. '그때가 가장 행복했지'가 아니라 '지금도 역시 또 행복하지', '이제는 더 행복하겠네.' 이렇게 말이다.

나는 그렇게 행복한 사람이 될 수 있다.

"내가 나를 충분히 알아주니까,
난 흔들리지 않아!"

자아존중감 self-esteem

자아존중감이야말로 현대 사회에서 가장 자주 회자되는 용어 중 하나다. 모든 영역에 있어서 자아존중감 즉 자존감이 무조건 수반돼야 한다고 인식될 지경이다. 사실이다. 자아존중감이 높을수록 사회적 소통에도 유리하다.

자아존중감은 내가 가지고 있는 나의 능력과 나의 가치에 대한 믿음이다. 나 스스로 능력 있고 존중받을 가치가 있는 소중한 존재라고 믿는다면 자아존중감이 높은 것이다. 자아존중감이 높은 사람은 '나는 다른 사람들로부터 사랑받고 있어.'라고 생각하며 남들 앞에서 좀 더 당당한 모습을 보이는 경향이 있다. 자아존중감이 높은 사람들은 매사에 자신감 있게 행동하며 대인관계도 원만하다. 당연히 이들이 느끼는 행복감이나 삶의 만족도 역시 높다. 그뿐 아니라, 높은 자아존중감은 학업이나 일의 성과에도 긍정적인 효과를 미친다.

반대로, 자아존중감이 낮은 사람들은 자신의 능력과 가치를 낮게 평가한다. '나는 능력도 없고, 아무짝에 쓸모없는 하찮은 존재야.'라고 여기기 일쑤다. 이런 사람들은, 다른 사람의 시선으로부터 결코 자유롭지 못하다. 남들이 나를 어떻게 평가할지 걱정되기 때문이다. 쉽게 위축되고 비관론에 잘 빠진다.

이렇듯, 자아존중감은 대인관계뿐 아니라 삶에 대한 태도, 삶의 방향성에도 매우 중대한 영향을 미친다.

- 윌리엄 제임스(William James)

욕심쟁이의
진면모

'난 욕심이 많은 사람'이라고 스스로 칭하는 경우가 있다. 혹은 '저 사람은 참 욕심이 많군.' 하면서 흉을 볼 때도 있다. 욕심이 하도 많아서 자식이 잘됐으면 좋겠고 내 남편이 혹은 내 아내가 누구보다도 더 출세하기를 바라면서 극성을 피운다. 여기에서 칭하는 욕심의 이면을 살펴보면 여하튼 내가 남보다 더 잘돼야 한다는 경쟁심이다. 내 아들이 다른 집 아들보다 더 좋은 대학을 가야 하고, 옆집 남편보다 내 남편이 연봉을 더 많이 받아야 한다는 욕심, 즉 남과 비교하는 경쟁의식이다.

사실 우리의 부모님들도 그렇게 우리를 키웠다. 어떻게

오해받기도 이해하기도 지친 당신을 위한 책

해서라도 자식을 조금 더 좋은 대학에 보내고자 있는 살림 없는 살림 축내 가면서 교육비를 쏟아부었다. 그렇게 신경 쓰지 않은 부모는 '욕심도 없는' 사람이라고 인식되곤 했다. 게다가 부모가, 주로 엄마가 자신의 직장생활에 충실히 하느라 자식에게 큰 신경을 쓰지 못하면 그 엄마는 자식에 대한 욕심은 없고 자기 욕심만 부리는 이기적인 엄마라는 소리까지도 들었다. 또, 남편이 직장에서 출세할 수 있도록 열심히 내조하지 못하는 아내는 욕심 없는 무심한 여자로 그려졌고, 승승장구하는 남편을 위해 열심히 힘쓰는 여자는 욕심 많고 야무진 아내가 되었다.

욕심은 우리 삶을 발전적으로 승화시키는 데 분명 도움이 되는 요소다. 욕심이라는 것은 우리가 열심히 무언가를 향해 노력하도록 만드는 아주 강한 동기다. 지나치면 억척으로 변하지만 적당하면 우리를 격려하는 에너지다. 이런 정도의 드라이브가 걸리지 않으면 우리는 무기력하고 수동적인 인간으로 남아서 다른 사람의 지시만 받으며 살아갈지도 모른다. 욕심이 반드시 나쁜 것은 아니다.

문제는, 욕심 안에 들어 있는 '나'의 모습을 발견할 수 있는가이다.

내 자식이 남의 자식보다 잘되기를 바라는 욕심에 내 삶을 온전히 자식에게 쏟아붓는 가운데 나의 존재는 어떤 모습인가. 아이를 학원에 데려다주고, 숙제를 챙겨가며 다그치고, 먹고 싶다는 것 알아서 잘 준비해 주는 훌륭한 부모인 것은 분명한데, 내 이름 석 자를 잃어버리진 않았는가. 자아가 상실되고 '나'의 모습을 보지 못하는 것은 아닌가. 나를 채찍질하며 내가 발전하도록 만드는 욕심이 아니라 내가 하지 못하는 그 어떤 것에 대해 대리만족을 느끼기 위해 타인에게 욕심을 부리고 있는 것은 아닌가 하는 의문을 단 한 번이라도 가져 보아야 한다.

자아고 뭐고 일단 자식 교육에 매진하는 것이 당장 중요한 부모의 올바른 도리라고 주장하면 할 말은 없지만, 나의 존재감이 싹 사라져 버린 그 욕심의 늪 속에서 허우적거림을 아는 것도 삶의 질을 좌우할 수 있다.

잘나가는 배우자를 자랑하면서 남들보다 물질적으로 좀 더 풍족하다는 사실에 만족하고, 반대로 남과 비교해서 부족하면 상대적 박탈감으로 괴로워하는 것도 욕심의 다른 면이다. 배우자, 자식, 혹은 부모 등에 의해 내가 누리는 혜택 말고 나 자체로 내세울 것이 있는가. 나의 존재만으로 두고 보았을 때, 나는 얼마나 뛰어나다고 자부할 수 있는가. 내 처지에 우쭐하거나 비관하는 행위 속에서 나의 모습은 어디에 있는지 살펴보고 찾아본 적은 있는가.

욕심에 앞서 자신이 떳떳하게 서야 한다.

내 모습을 만드는 데 욕심을 먼저 부린 뒤, 내 주변인들을 발전시키는 데 욕심을 써야 한다.

나의 존재가 사라져 버린 욕심은 탐욕 이상이 아니다. 못난 나를 감추기 위한 가면을 두껍게 칠하고 있는 모습에 번쩍 정신이 들면서 부끄러워야 한다.

나를 위안

안녕한

"안녕하세요오오오오~~"

내가 자주 가는 모처의 카운터에는 내 얼굴을 보자마자 이렇게 명랑한 인사를 해주는 미모의 직원이 있다. 아침에 피곤할 때도 있고, 여러 가지 생각으로 머리가 복잡할 때도 있는데, 이 발랄 상쾌한 인사를 들으면 내 얼굴에 저절로 웃음이 솟는다. 그리고 아무 이유 없는데도 기분이 매우 좋아지는 경험을 한다. 아무것도 해준 것 없는 나에게 이렇게 큰 선물을 주는 그 직원이 참 좋다. 얼굴만 보아도 좋은 일이 생길 것 같은 긍정적인 생각이 뭉게뭉게 피어오른다. 그 직원이 그렇게 예뻐 보일 수가 없다. 실제로 객관적으로 보아

오해받기도 이해하기도 지친 당신을 위한 책

도 미인이냐고? 뭐 꼭 그렇지는 않지만 내 눈에는 아름다운 얼굴이다. 통통한 볼도 귀엽고 동그란 눈이 그렇게 매력적일 수 없다.

"안녕하세유우"

청소와 정리를 맡아 해주시는 중년의 여성 직원은 늘 나를 볼 때마다 먼저 이렇게 따뜻한 인사를 건넨다. 미처 내가 인사를 하기도 전에 잽싸게 먼저 인사를 하고야 만다. 허리도 구부정하고 얼굴에는 주름이 많으며 걸음걸이는 빠르지도 않은데, 인사만큼은 누구보다도 신속하게 건네는 분이다. 그 한마디 인사는 소박하고 심지어 투박하기까지 했지만, 그의 인사를 들으면 왠지 마음이 평온해지면서 안도의 숨이 쉬어졌다. 그 직원의 인사는 나에게 편안한 휴식이 되고 있었다. 반면, 나는 매번 인사 순서를 놓쳤다는 생각만 한 채 "네에~" 하는 대답으로 인사에 화답을 한다.

이 많은 손님에게 일일이 그런 정성스러운 인사를 하려면 하루가 고될 수도 있겠지만 그런 기색은 전혀 없다. 나에게 반가운 인사를 건네는 그들은 자신의 공간에 손님을 맞이하는 기분으로 나름의 멋진 인사 서비스를 제공하는 것 같았다. 어쨌든 인사를 받는 나로서는 유쾌하고 즐거운 일이었기에 매번 그렇게 인사에 진심을 보이는 그들과 마주치는 날은 기분이 좋았다.

어느 날부터인가 유독 열심히 인사하는 그들에게 빚진 기분이 들어서 다음에는 내가 꼭 먼저 인사를 해야지 다짐했다. 그리고 나도 경쟁하듯 반가운 인사를 하기 시작했다. 더 밝고 환한 표정으로 목소리를 높여서 "안녕하세요~" 하고 말이다.

마법과 같은 반응이 내 몸에 나타나기 시작한 것을 느끼기까지는 오래 걸리지 않았다. 알고 보니 인사는 상대방을 배려하기에 앞서 나를 위한 일이었다. 긍정의 감정을 담아 인사를 하고 나면 상대의 반응은 둘째 치고 내 기분이 일단 좋아진다. 예의 바르고 인성 훌륭한 사람이라는 평가는 덤으로 따라온다.

말이란 것이 희한하다. 듣기 좋은 말을 하고 나면 말 속에 담겼던 긍정의 기운은 다른 사람에게 향하기에 앞서 내 안에서부터 풍성히 피어오른다. 오는 사람들에게 열심히 인사를 건넸던 그 직원들은 이 마법의 작용을 무의식중에 몸으로 느꼈던 것 아닐까. 이론적으로 검증하지 않았겠지만,

오해받기도 이해하기도 지친 당신을 위한 책

그저 매일 유쾌하게 인사를 하다 보니 점점 기분이 좋아졌고 이내 그것은 중독성 있는 맛깔난 음식이 되어 그들의 하루를 채워 주었던 것이 틀림없다.

이런 깨달음을 얻은 뒤 주변을 돌아보니 인사 잘 하는 사람치고 낙천적이지 않은 사람을 보지 못했다. 인사를 부끄러워하지 않고 인사를 쉽게 먼저 툭 던져 내는 사람은 놀랍게도 자신이 하는 일에 항상 자신감이 차 있는 사람들이었다. 인사를 겸연쩍게 여기지 않는 사람은 인간관계도 넓고 원만했다. 고작 인사 하나로 이런 일이 생겼다고는 믿기 어렵지만, 인사로 인한 몸의 생체반응이 나비효과를 일으켜 개인의 삶에 긍정적인 결과를 가져온다는 것은 체험적으로 알 수 있다.

경쾌한 인사.
굳이 안 할 이유가 없지 않은가.

나는 분노조절 장애가 아니다

가끔 우리는 자신이 분노조절 장애를 갖고 있지는 않은 가 떠올려 본다.

주변에서 농담 반 진담 반으로 "나 혹시 분노조절 장애 아닌가?"라고 하는 말을 한두 번은 듣는다.

운전 중에 어떤 차가 너무 위험하게 끼어들어서 큰 사고 를 가까스로 모면한 순간, 화가 치밀어 오른다. 대놓고 삿 대질을 하며 욕을 퍼붓기도 하고 그렇게까지 안 하더라도 혼잣말로 중얼거리며 실컷 그 운전자를 비난하고 있는 내 모습을 발견한다. 마트에서 장을 보는데 누가 한눈을 팔다

카트로 나를 밀어 버렸을 때, 발등을 찧고 물건을 바닥에 떨어뜨리면 아프고 기분 나빠 신경질이 난다. 그녀의 어깨를 확 밀치며 정신 똑바로 차리고 걸어 다니라고 쏘아붙이고 싶다. 바쁘고 시간이 없는데 계산대 줄에서 내 앞에 서 있는 분은 도대체 뭘 하는지 꾸물대며 이것저것 종업원에게 물어보고 시간을 질질 끌고 있다. 내 속은 부글부글 끓어오르고 적당히 좀 하고 당장 꺼지라고 소리를 지르고 싶은 충동을 간신히 억제 중이다.

이쯤 되면 나는 분노조절 장애인가? 이렇게 화를 내는 것은 점잖지 못한 행동인가? 누가 나한테 피해를 줘도 부처님의 미소 지으며 다 받아들이고 참아 주지 못한다면 난 진정 불안정한 인격체인가?

예전에 받았던 인성교육 도덕교육 그런 기억을 떠올려 보면, 남이 나에게 잘못하더라도 그것을 대놓고 응수하기보다 내가 먼저 용서하고 참는 것이 사회 구성원으로서 아름다운 모습이라고 배운 것 같다. 때문에, 이렇게 참지 못하면 인격이 미성숙하고 성격이 모난 사람인 양 낙인찍힐까 두렵다. 하지만, 먼저 잘못을 한 사람이 잘못이지 그 잘못에 대해 화를 내는 사람이 무슨 잘못이란 말인가. 우리는 지금까지 왜 이걸 꼭 참아 내는 쪽에 더 큰 가치를 두었던 것일까.

잘못은 잘못한 사람의 문제가 맞다.

이때부터는 그가 '미안합니다.'라고 사과 표현을 하는지, 아니면 그냥 뭉개고 넘어가는지가 관건이다. 자신의 잘못을 인정하며 당장 미안하다고 말할 수 있는 사람에게만 내가 성숙한 사회 구성원으로서 관용을 베풀면 그뿐이다. 잘못하고 사과도 없는 사람을 무조건 용서하고 너그러운 마음으로 온화한 미소를 짓지 못한다며 자책할 이유는 없다.

미안하다는 사과 앞에 내가 보여 주는 관용은 상대방에게보다 나에게 더 큰 보너스로 돌아온다. 피해를 입는 순간 내 기분이 불쾌했었지만, 사과하는 상대에게 미소 지으면서 "아닙니다. 괜찮아요."라고 말하고 나면 나는 나의 훌륭한 인성에 감탄하고 그 뿌듯함은 나의 내면을 가득 채운다. 말 한마디로 관용을 베풀고 난 뒤에 돌아서는 내 발걸음도 왠지 우아하게 가볍다. 나의 정신건강에 매우 도움을 주는 사과다. 그래서 나는 누군가의 진심 어린 사과 앞에서 될 수 있으면 환하게 웃으면서 괜찮다고 표현한다.

추 억 이
아 름 답 다 는
오 해

추억은 아름답다. 심지어 우리는 추억 없이 윤택한 삶을
살아갈 수 없을지도 모른다. 우리는 옛 지인들을 만나 추억
을 이야기하고 추억을 소재로 따스한 대화를 이어간다. 하
지만 추억 나눔이 언제까지나 위대한 것은 아니다. 추억도
지나치면 해가 된다.

이른바 자수성가를 한 자산가를 만나 저녁 식사를 할 때
였다. 자수성가라는 표현을 쓰기는 했으나 그는 어렵고 불
행한 청년 시절을 딛고 우뚝 일어선 인간극장 스토리의 주
인공은 아니었다. 평범한 가정에서 성장하고 평범한 직장
인이었다. 탁월한 능력이 돋보였기에 그는 직장에서 승승

오해받기도 이해하기도 지친 당신을 위한 책

장구했고 임원이 되고 CEO 자리까지 올랐다, 이후 하는 일마다 성공적으로 진행을 하더니 결국에 그는 자산가의 반열에 올랐다. 금수저를 물고 태어난 사람은 아니어서 그와의 대화는 보통 사람들이 나누는 소재로 진행됐고 편했다. 부모 도움 없이 스스로 일가를 이룬 사람이라면 뭐라도 하나 배울 점이 있다고 생각해서 늘 그의 말은 귀담아 들었다. 그러던 중 나에게 강한 인상을 남긴 한마디가 있었다.

"저는 옛 동료들을 만났을 때, 예전 추억 이야기 나누는 것을 싫어하지 않습니다. 하지만 만날 때마다 과거 이야기만 하는 사람들이라면 다음부터 그 모임에 가지 않습니다."

평소 나도 공감하던 이야기였기에 그의 말이 귀에 쏙 들어왔다.

과거 추억을 공유하는 것은 인간적이다. 하지만 만날 때마다 추억 나누기가 반복되면 마치 삶이 퇴보하는 것 같은 인상을 받았다. 오랜 친구를 만나도 볼 때마다 옛날이야기만 무한 반복하면 대화가 점점 지루해진다. 그다음 모임은 하고 싶지도 않다. 똑같은 이야기를 조사도 바꾸지 않고 반복하는 본인은 민망함도 없나 보다. 이 정도면 가까스로 참

아낼 수 있다. 그러나 굳이 기억도 나지 않는 상대의 흑역사를 무슨 귀한 역사적 사실인 양 떠들어 대면서 옛 친구에게 무안을 주는 모습은 인내의 한계를 부른다. 이런 모임은 더 이상 의미 없다. 발전적이지도 않고 마음의 평화만 깨진다.

변화무쌍하고 드넓은 이 세상에 화젯거리가 얼마나 많은가. 나의 지식창고를 새롭게 충전해 줄 소재가 무궁무진 많은데, 허구한 날 추억 이야기라니. 시간이 아깝다는 생각이 드는 게 당연하다. 한 번은 오케이, 두 번도 오케이. 그건 우정이라는 테두리 안에서 충분히 할 수 있고 잊혀지는 기억을 살려 돈독함을 확인하는 것이다. 하지만 만날 때마다 반복된다면 나날이 퇴보하는 자신, 침몰하는 자신을 계속해서 확인하는 것 그 이상이나 이하가 아니다. 현재의 삶이 왕성하고 미래에 대한 기대가 큰 사람은 과거 얘기에 매몰될 시간이 없다. 반대로, 현재가 암울하고 지금보다 더 나아질 기미가 없다면 과거 이야기만 읊어 댈 뿐이다.

그 자산가 역시 비슷한 맥락으로 그런 말을 한 것이다.

과거만 돌아보고 있는 사람에게 더 배울 것은 없다. 그때의 그 과거가 그 사람에게 인생의 전성기였다. 이제는 내세울 것 없이 초라해져 있음을 증명하는 것이다. 앞으로의 계획이 없고, 기대되는 미래도 없기에 할 말이라고는 오직 과거 그 시절의 추억뿐이다.

술 한 잔 기울이며 나누는 추억 이야기. 낭만적으로 들리기는 하지만, 수도 없이 반복된다면 한 번쯤은 내 삶을 심각하게 돌아봐야 한다. 나는 인생의 어느 변곡점에 서 있는가? 발전하는 상승세의 길목인가 쇠락하며 하락하는 나락인가.

나는 믿음직한 사람

내가 똑같이 좋아하는 친구 둘이 있다. 그런데 그 둘에 대해 가지는 이미지는 좀 달랐다. 한 명은 믿음직하고 의지할 만한 사람이고 다른 한 명은 어린아이 같고 유약한 사람이라는 느낌이었다. 당연히 믿음직한 느낌을 주는 친구와 있을 때는 든든했다. 뭐든지 그 친구가 알아서 해결해 줄 것만 같은 막연한 기대감이 있었다. 반면 유약한 느낌의 친구를 보면 하다못해 레스토랑에서 주문도 내가 다 해야 할 것 같은 책임감이 생겼다.

그런데 어느 날, 그 믿음직한 친구가 자신이 믿는 역술인

오해받기도 이해하기도 지친 당신을 위한 책

에 대해 이야기했다. 그는 인생에 중요한 결정을 내려야 할 때마다 사사건건 역술인을 찾아가 조언을 구했다. 어떤 결정의 순간이 올 때마다 대부분 역술인에게 자신의 나아가야 할 방향을 묻고 있었다. 해가 바뀔 때면 심심풀이로 보는 토정비결 수준이 아니고 그에게 역술인이란 거의 인생의 멘토와 같았다. 역술인의 한마디에 인생의 희비를 걸고 있는 모습은 나에게 적지 않은 충격으로 다가왔다. 그 당당함과 안정감 있는 분위기는 혹시 얼마 전 역술인으로부터 들은 긍정적인 예언 한마디 덕분 아니었을까 의심됐다.

오히려, 평소 유약해 보였던 다른 친구는 역술인의 세상과 거리가 멀었다. 뭘 하더라도 자신의 책임 아래 스스로 결정을 내렸다. 일이 잘될 것 같을 때는 한없이 기뻐했고, 일이 잘 안 될 것 같을 때는 걱정하는 기색을 숨기지 않았다. 하지만 자신의 삶은 자신이 결정해야 한다는 신념은 확고했다.

믿을 만한 사람인지 여부는 타인의 심신을 편하게 해주는 것으로 판단할 수 없다. 자신도 자신을 믿지 못하는 사람을 남이 믿고 따를 수는 없다. 자신을 믿는 사람이야말로 내가 믿을 수 있는 사람이다.

극명한 대조를 이루는 두 경우를 보고 나서는 내 모습을 돌아보게 됐다. 나는 지금까지 결정의 순간마다 무엇에 의존했는가 곰곰이 따져봤다. '믿을 만한 사람'이라는 것은 자신의 잠재력을 믿고 능력껏 노력하는 사람에게 부여할 수 있는 칭호다. 믿을 만한 사람은 우선 본인이 삶 앞에서 자신을 믿고 스스로 책임 있는 선택을 할 수 있는 사람이다.

그렇다면 나는 지금까지 믿을 만한 사람이었는가.

오해받기도 이해하기도 지친 당신을 위한 책

"나는 어떤 이미지를 만드는가?"

인상관리 self-presentation

사회적 상호작용 과정에서 다른 사람에게 나에 대한 특정한 인상을 심어 주려는 노력이다. 우리는 의식적 혹은 무의식적으로 상대방이 나를 인식하는 방식에 영향을 미치려고 한다. 언행이나 외모, 조건 등 겉으로 드러나는 내 정보를 통제하거나 규제함으로써 내가 원하는 목표를 달성하는 데 긍정적인 효과를 원한다. 이러한 인상관리는 자신의 모습뿐 아니라 특정한 상황을 조정하고 관리하는 것까지 포함한다.

인상관리는 일상생활에서 빈번하게 발생한다. 예를 들어, 부모님에게 내 친구에 대해서 좋은 인상을 남기고 싶을 때 친구의 좋은 면만 골라서 이야기하는 것이다. 혹은 나의 지적인 이미지를 형성하고 싶어서 늘 책을 들고 다니거나 학업에 관한 이슈를 대화 소재로 가져오며 자신에 대한 인상을 관리한다.

- 어빙 고프먼(Erving Goffman)

대체의

도 나 진짜 모습은 무엇

집에서 빈둥대며 퍼져 있다가도 약속이 있어서 나갈 시간이 되면 분주해진다. 특히 여자들은 더 그렇다. 세수도 한 번 더 하고 이도 다시 닦는다. 그리고 화장을 하지 않은 것처럼 하면서도 완벽한 피부톤 연출을 위해 얼굴에 화장품을 살포시 얹는다. 집에서는 무릎이 튀어나온 후줄근한 바지도 아무렇지 않게 입고 있지만 외출할 때는 다리가 더 길어 보이는 청바지에 군살을 완벽히 보완해 주는 상의를 챙겨 입는다. 우리의 모습이자 나의 모습이다.

외모뿐 아니다. 말투도 변한다. 엄마와 이야기할 때는 할 말도 다 하고 딱히 말투를 더 예쁘게 하려고 신경 쓰지 않는

오해받기도 이해하기도 지친 당신을 위한 책

다. 깊은 생각 않고 즉흥적인 이야기를 쏟아내며 특별히 나의 말 맵시를 치장하려는 노력도 거의 안 한다. 하지만 비즈니스 미팅을 할 때 나의 말투는 완전히 달라진다. 또박또박 정확한 발음으로 알아듣기 쉽게 명확한 의미전달을 하려 힘쓴다. 그리고 좋은 인상을 남기기 위해 단어 선택에도 신중하다. 사교 모임에서도 나의 말투는 달라진다. 상대의 말을 경청하고 비록 별 재미없는 얘기일지라도 맞장구치며 같이 웃는다.

집에서 보이는 '나'의 모습과 밖에서 드러나는 '나'의 모습이 다르다고 해서 나는 가식적인 사람이라고 단정할 수 있을까. 하지만 이런 두 가지의 모습에서 자유로운 사람들이 과연 몇 명이나 될까. 오히려 집과 밖의 내 모습이 너무 일관된다면 원만한 사회생활을 하는 데 반드시 도움이 되지는 않을 것이다.

연애하던 시절에는 이슬만 먹고 사는 것 같은 여자가 결혼 후 한집에 사니 가끔 트림도 하고 생리현상을 자연스럽게 배출하는 것을 보며 정감 있게 서로 익숙해지는 것이 많은 부부의 현실이다. 결혼 전에는 하늘 위의 별도 따줄 것처럼 호기로웠던 남편이 직장생활에 어깨가 움츠러들고 풀 죽어 있는 모습에 가끔은 안쓰럽다. 바깥에서 보던 이상적인 모습이 집 안에서 좀 다르다고 해서 속았다고 하지는 않는다. 지금 와서 보니 사람이 변했다고 내숭 떤 것 아니냐며 비난하는 것도 옳지 않다. 내가 알던 그 여자 그리고 그 남자는 여전히 사회에서 다른 사람들에게 그때의 그 매력 있는 모습으로 보일 테니 말이다.

사람은 사회적 상호작용 속에서 남에게 보이는 자기의 인상을 관리한다. 남에게 보이는 모습을 이상적으로 연출하고자 노력하는 '인상관리'라는 것이 사회적 인간의 자연스러운 성향이라고 고프만이 말한다. 사회라는 무대 위에서 개인은 자신의 역할에 가장 적합한 모습으로 말하고 치장하고 연기하며 살아간다. 직장이라는 무대에서는 그에 맞는 의상을 입고 말하며, 학교라는 무대에서는 그에 맞는 복장과 말투를 구사하고, 클럽에 갔다면 무대에서 가장 돋보이기 위한 패션 감각으로 자신을 연출하는 것이다.

때문에, 가족이 아닌 사회적 관계의 사람들로부터 받는 정보의 상당량은 그 사람의 자연스러운 본모습이 아니라는 것을 받아들이면 편하다. 다시 말해, 한 사람에게는 남을 의식하지 않는 본연의 모습인 '후면영역'이 있고 남 앞에서 의도한 대로 인상을 관리하는 '전면영역'이 공존한다. 후면영역과 전면영역을 나누어 인상관리를 하지 않는 사람도 있겠지만 드물다.

전면영역과 후면영역의 모습이 다르다고 위선적인 사람은 아니다. 오히려 사회적 존재로서 적응력이 뛰어나다고 칭찬받을 만하다. 그러니 이제부터는 밖에 나갈 때 집 안에서의 모습과 너무 많이 다른 것 같다고 쑥스러워할 이유는 없다. 오히려 최대한 다른 모습으로, 곧 내가 등장하게 될 사회 무대 위에서 남들에게 인정받을 수 있는 완벽한 인상관리를 위해 애쓰는 데 더 주력해 보자.

그렇다면 우리가 한 가지 알아야 할 사실이 있다. 사람은 겉으로 보이는 것이 전부가 아니라는 것이다.

상대방의 어떤 모습이 진짜일까 고민하기보다는 내 앞의 사람이 나와 함께 올라와 있는 무대에서 어떤 인상관리를 하고 있는지를 상상하는 것이 더 현명하다.

첫인상에 속말 지기

나는 사람을 좋아하려고 하는 편이다. 공적인 모임에서 누군가를 처음 만나면 우선 상대방의 좋은 점을 살핀다. 어쩌면 커뮤니케이션 학자로 오랫동안 경험을 쌓아온 습관 때문일지도 모르겠다. 어떤 자리에서 누구를 만나더라도 원활히 소통하고 긍정적인 인간관계를 추구해야만 나의 할 일을 다 한 것 같은 생각이 들기 때문이다.

게다가 처음 만난 사람의 첫인상이 너무 좋으면 그날 좋은 인연을 만나게 된 것 같아 뿌듯하다. 그러면서 기분 좋은 모임을 이어가곤 한다. 결국, 그렇게 해서 시간이 지난 뒤 내 판단이 옳았던 것으로 판명되는 경우가 대부분이다. 하

오해받기도 이해하기도 지친 당신을 위한 책

지만 처음 예상과 전혀 다른 사람이었음을 확인하고 실망이 컸던 적도 있다. 배려심 있고 다른 사람의 의견을 존중하는 인품을 소유했다고 믿었는데 시간이 지나면서 보니 자신만 앞세우고 본인 생각대로 고집을 피우는 사람도 만난다.

나이 마흔이 넘으면 얼굴에 책임이 있다는 링컨의 말은, 살아온 흔적이 표정에 고스란히 나타난다는 뜻인데, 그 공식이 틀릴 때도 있는 것 아니겠는가. 그러니 첫인상이 좋다고, 그냥 느낌이 좋다고 상대를 너무 믿어 버리는 것은 성급한 실수다.

돌이켜보면, 첫 만남 때 분명히 상대방의 좋지 않은 면도 보았을 것이다. 하지만 막상 좋은 감정이 상대적으로 커서 그 사람의 단점이 지극히 미미하게 느껴진 나머지 무시하거나 잊어버렸던 것이 틀림없다. 첫인상이 좋다고 해서, 혹은 사람을 좋게 보려는 습성 때문에 파악할 수도 있었던 단점이 눈에 들어오지 않았던 것이다.

"속았네!"가 아니고 "몰랐네!"이다.

우리가 사람을 평가할 때 흔히 '후광 효과'에 영향을 받는다. 상대방이 좋은 집안 출신이거나 배경이 좋으면 실제보다도 훨씬 좋은 인상을 받는 현상이다. 사실은 그렇게까지 좋게 봐줄 일이 아니지만 그를 감싸고 있는 후광으로 인해 우리는 그에게 후한 점수를 매긴다. 후광 효과는 부처님이나 신의 형상에서 머리 뒤편에 동그랗고 환한 빛이 강하게 비추는 장면을 빗댄 표현이다. 일단 후광 효과에 빠져들면, 상대가 무슨 말을 하더라도 좋은 쪽으로 해석하고 받아들이게 된다.

키가 훤칠하게 크고 말쑥한 사람이 그렇지 않은 사람보다 면접을 볼 때 더 후한 점수를 받게 되는 경우, 명문대를 나온 사람이 그렇지 않은 사람보다 더 능력을 발휘할 것이라 믿는 경우다. 또, 외모는 준수하지 않음에도 최고급 명품으로 휘두르고 있는 사람을 우리는 쉽게 무시하지 못한다. 비록 속으로는 '저 사람 졸부 아냐? 교양이라고는 하나도 없을 거야'라며 비꼬는 한이 있더라도 말이다.

이런 후광 효과는 나와 특별히 관계없는 저 멀리 다른 세상 사람에게서만 나타나는 것이 아니다. 지금 바로 내 앞에서 나와 대화하고 있는 상대방도 후광을 발산하고 있을 경우가 허다하다. 너무 가까워서 후광을 미처 인식하지 못할 뿐, 나는 상대방의 후광에 눈이 멀어 버려서 나도 모르게 좋은 이미지만 바라보며 그에게 끌려갈 수도 있다. 특히 첫인 상 때 비추었던 후광으로 보기 좋게 한 방 먹는 결과를 나을 수도 있으니 요주의다.

처음에 호감을 가졌던 사람한테 실망하고 인간관계에 대한 회의감에 빠질 이유는 없다. 다른 사람에 대해서 무조건 관대한 마음을 먹는 것이 미덕이라고 생각하지 말아야 한다. 무엇보다도, 강렬한 후광에 속지 말아야 한다. 후광의 환한 빛 앞에서 눈을 감고 좀 냉정하게 상대의 장단점을 먼저 살펴보면 된다. 너무 성급하게 내 마음을 열거나 일방적인 친근한 태도로 가까이 다가가지 말아야 한다. 순진한 내가 여우 같은 상대를 오해했었다며 괜한 마음의 상처를 입기 싫다면 말이다.

나쁜 쇼맨십 좋은 쇼맨십의 사회

거짓의 반대는 솔직함일까?

숨김없이 내 모습 그대로 말하고 행동하는 것이 솔직함이라면, 사실을 가리고 진실과 동떨어진 말과 행동이 거짓이다. 그러니, 거짓의 반대는 꾸밈없음이다. 자신의 있는 그대로를 보여 주지 않고 애써 다른 모습을 꾸며 내는 것이 거짓됨이다.

거짓은 곧 쇼맨십과 통한다.

쇼맨십은 일종의 거짓말이다. 모르는 걸 아는 척하고, 좋아하지도 않는 걸 사랑하는 척하고, 관심도 없으면서 가장 중요한 양 호들갑 떨고, 그럼으로써 다른 사람들의 호감을

오해받기도 이해하기도 지친 당신을 위한 책

얻고 지지를 받는다. 이런 쇼맨십 속에 솔직함은 없다. 절대로 남에게 알리고 싶지 않은 본모습을 숨기려고 내가 가진 다른 부분만을 과장되게 부각하다 보면 쇼맨십이 나온다. 거짓됨을 쇼맨십이라는 멋진 단어로 포장했을 뿐, 내면은 결국 진술하지 못한 거짓 뭉치다. 다행히 본모습이 밝혀지지 않는다면 그는 쇼맨십도 있는 배짱 좋은 사람이라고 인식되지만, 숨겼던 추한 본모습이 타인에게 간파된다면 거짓된 사람으로 낙인찍힌다.

거짓을 숨기기 위해서 쇼맨십을 앞세우는 사람들은 대개 내면이 공허하다. 지적인 결핍이 있는 자들은 주로 어려운 사자성어를 읊어 대며 대화한다. 경제적 결핍이 있는 자들은 빚을 내서라도 고급 승용차를 타고 명품을 두르며 자랑한다. 인간관계에 결핍이 있는 사람들은 지인의 언행 하나하나에 큰 의미를 부여하며 각종 소셜미디어에 화려한 사교 장면을 업로드한다. 이런 것이 거짓으로 점철된 쇼맨십이다.

하지만 쇼맨십이 나쁘기만 한 것은 아니다.

갈수록 쇼맨십에 열광하는 사람들이 많아지고 쇼맨십이 잘 통한다는 사실은 좀 슬프지만 인간관계를 세련되게 하려는 사람에게 쇼맨십은 구세주와도 같다. 구차한 자기 모습을 완벽하게 커버하면서 나와 남의 관계를 원하는 방식으로 쌓아가는 수단이다. 치열한 사회에서 잘 살아남으려면 역시 쇼맨십이 필수다.

학원가 '일타강사'들은 탁월한 지식만으로는 우뚝 설 수가 없다. 지식을 전달하는 방식이 일종의 현란한 쇼가 되고 주목을 받아야 학생들이 몰리면서 인기 강사가 된다. 정치판에서 살아남으려 몸부림치는 사람들은 나라를 위한다는 진솔한 마음만 앞세우면 뒤처진다. 대중의 마음을 사로잡는 '쇼'가 필요하다. 모르는 것을 모른다 하기보다 모르는 것도 아는 척해야 인기가 오른다. 정치철학을 고수하기보다 한순간에 얼굴을 바꾸면서 그럴싸한 명분을 대며 다른 진영으로 떠날 수 있어야 정치생명이 연장된다. 최소한 한국의 정치적 환경에서는 쇼맨십이 아주 잘 통한다. 방송 프로그램도 단순한 정보전달의 기능은 상실해 가고 있다. 정보를 얻을 창구는 인터넷 공간에 차고 넘치기 때문이다. 정보전달보다는 출연자들의 화려한 입담과 쇼맨십을 구경하는 것이 방송의 참맛이다.

　쇼맨십이 넘치는 이 사회에서 쇼맨십은 점점 긍정적인 역할과 그 의미를 강화하고 있다.

　사회적 퍼포먼스를 펼칠 때, 쇼맨십이 없으면 밋밋해서 주목받지 못한다. 상인이 물건을 팔 때도 진솔하게 품질과 가격만 언급해서는 판매가 이뤄지지 않는다. 물 흐르듯 술술 나오는 언변으로 소비자의 마음을 사로잡아야 비로소 소비자들은 구매의 손길을 뻗는다. 이미 우리 사회는 오감을 강하게 자극하는 요소들로 가득하기 때문이다. 테크놀로지의 발달로부터 유래한 이런 자극은 사물과 사람 혹은 현상에 대한 본질에 집중하는 것을 방해한다. 본질은 심심하고 설득력을 잃었다. 인터넷 세상에서도, 전파를 타는 방송세계에서도 말과 행동을 꾸미기 위한 시청각 자극이 강렬하다. 언제부터인가 인간적 모습보다는 기술에 의한 꾸밈이 우세해졌다.

　이제는 진솔함과 쇼맨십을 구분하는 것이 어려워졌다. 쇼맨십이 심하다고 해서 진솔하지 못하다고 단정할 수도 없다. 심지어 진솔함을 부각시킬 수단으로 쇼맨십이 제격이다. 일단 누군가로부터 주목을 받아야 진실도 전달할 수 있으니 말이다. 쇼맨십 없는 사회란 불가능해 보인다. 차라리 거짓을 위장하기 위한 쇼맨십과 진실을 효율적으로 전달하기 위한 쇼맨십의 속성을 잘 구분하는 것이 우리 속을 편하게 해준다. 착한 쇼맨십도 있다는 사실을 되뇌면서 쇼맨십에 익숙해져야 할 시간이다.

오해받기도 이해하기도 지친 당신을 위한 책

마음은 청춘
얼굴은 중년

"어쩜 20년 전이랑 똑같니?"

"하나도 안 변했어, 너는 방부제 미모구나."

주로 동창 친구들을 만났을 때 주고받는 말이다. 오랜 지인을 만났을 때도 어김없이 이런 류의 얘기를 나눈다. 마치 '안녕, 잘 지냈니?'라는 인사를 갈음하는 듯.

그 시절 친구들을 만나면 우리의 시간은 그 시절로 돌아가 머문다. 철 지난 그 시절의 농담과 문화를 대화 소재로 떠올리며 남이 들으면 구닥다리라고 할 이야깃거리가 아름답고 소중한 삶의 활력이 된다. 마주하고 앉은 우리들의 외모는 팽팽하고 주름이라고는 찾아볼 수 없었던 리즈 시절의 모습으로 둔갑한다.

하지만 우리 사이에 오고 가는 얘기를 옆 테이블 사람들이 들으면 피식하고 실소를 지을 것이 뻔하다. 일단은, 나도 그러니까 말이다. 사실, 20년 전에 비해 우리는 20년 늙었고, 목소리나 머리숱을 비롯하여 몸매와 인상 등 지금의 우리 모습은 많이 달라졌다. 그럼에도 불구하고, 20년 전 친구들을 만나는 순간부터 우리 눈에는 20년이란 시간을 거스르는 이상한 필터가 씌워진다.

언젠가부터 나는 오랜 지인을 만나면 그때나 지금이나 똑같다는 말을 잘 안 하려고 한다. 그때와 지금의 모습이 엄연히 다른데 굳이 입버릇처럼 똑같다는 인사가 머쓱해서다. 우리 대화를 듣고 속으로 웃을지도 모르는 옆 테이블에 앉은 사람들도 왠지 의식된다. 마음은 언제까지나 20대 청춘이고 싶지만 가는 세월 붙잡을 수 없음을 우리 모두 알고 있지 않은가.

차라리 이런 인사가 낫다.

"너 예전과 달리 표정에 여유가 담겼네."

"그때는 잘 몰랐는데, 지금 보니 눈빛이 부드러워."

오해받기도 이해하기도 지친 당신을 위한 책

때때로 과거를 떠올리는 것은 내 삶에 편안한 여유를 제공한다. 나쁘지 않다.

그런데 과거만 투영하는 것 말고 과거를 토대로 현재를 비춰 보는 일도 꽤나 마음을 따뜻하게 해준다. 발전적이기까지 하다. 그동안 어떤 삶을 살아왔는지, 과거를 제대로 알아야 현재를 통해 미래까지도 가늠해 볼 수 있다.

마음이 청춘인 사람은 현재도 청년의 마음으로 매사를 인식한다. 나의 20년 전은 지금이 있도록 한 실질적인 역사고, 그 토대 위에 존재하는 오늘의 현재가 나의 무대다. 마음이 청춘이면 현재 나를 둘러싼 모든 상황도 가장 화려하게 주목받아야 한다. 얼굴엔 비록 노화가 진행되었으나 현재의 모습은 값진 개성 그 자체다. 예전이랑 똑같아서가 아니라 예전부터 지금까지 너무나 잘 살아온 세월의 흔적은 찬사를 받을 가치가 있다.

우리는 이런 말을 할 용기가 필요하다.

20년 전에 비해 너는 많이 달라졌구나.

그런데 지금의 모습이 가장 아름답단다.

체 면 이
밥 먹어 주나

예전 같으면 언감생심 꿈도 못 꿀 일이었다.

명색이 대학교 전임교수로 근무하던 내가 서울 모처에 있는 대학의 강사로 출강을 하게 됐다. 사실 좀 특별한 과목이긴 했다. 실습을 위주로 하는 수업이고, 남들이 갖고 있지 않은 나의 경험과 전문성이 있어야만 맡을 수 있는 과목이라 보통의 시간강사와는 역할이 다소 달랐다. 하지만 직함은 여전히 시간강사다.

과거의 나였다면 이유 여하를 불문하고 절대로 맡지 않았을 일이다. 체면이 구겨진다고 생각했을 것이 틀림없다. 누군가 나를 본다면 '무슨 일 있는 거 아니야?' 하며 수근거리

오해받기도 이해하기도 지친 당신을 위한 책

지 않을까 신경도 썼을 것이다. 그게 다 체면 때문이었다. 직함, 호칭, 내가 속한 조직이 내 체면을 세워 준다고 여겼고 그런 것들 덕분에 사람들이 나를 무시하지 못하고 나를 존경할 것이라는 추측에 위안이 됐다. 체면을 지켜주는 그 자리를 유지하기 위해서는 참고 감수해야 할 일이 많았지만, 여전히 체면이 더 중요했다. 남들이 보는 나에 대한 평가가 내 삶의 행보에 적지 않은 영향을 미쳤다. 비록 체면을 유지하느라 몸도 피곤하고 정신이 황폐해지더라도 말이다. 나는 전형적인 한국 사회 구조에 그렇게 익숙해져 왔다.

누구나 인생에 계기가 있듯이 나에게도 남들 눈으로부터 자유로워지는 계기가 찾아왔다. 북유럽 사람들과 그들의 행복한 삶 속에 같이 어울려 몇 년을 지내고 나서는 삶의 가치를 판단하는 제1순위가 '나의 행복'이었다. '남의 눈'이 아니라 '나의 의지', '나의 계획', '나의 복지'가 무엇보다도 먼저였다.

일주일에 한 번 세 시간 대학생들을 만나 나의 지식을 전수해 주는 시간은 내 삶에 활력소가 될 것이 분명했다. 본업은 아니지만, 현재 내가 하고 있는 일과 전혀 무관하지도 않았다. 작가로 작업을 하면서 종종 가라앉을 수도 있는 기분이 환기될 것이고, 내가 보지 못하는 세상의 다른 면을 학생들을 통해 볼 수도 있다. 자칫 느슨해 질 수 있는 생활에 약간의 긴장감을 더해 주니 게을러지지 않을 이유도 된다.

이런저런 판단은 나의 행복과 나의 의지를 중심으로 내려졌고, 그 판단은 나의 삶을 좀 더 뿌듯하게 채우는 요인이 됐다. 오랜만에 대학강의 하나를 맡아서 좀 바쁘긴 했지만 심심할 겨를 없이 매주 찾아오는 일정은 나에게 활력이 됐다. 물론 약간의 수입이 통장에 찍히는 것을 보는 일도 작은 기쁨이었다. 체면을 앞세웠다면 누리지 못했을 권리다.

체면은 절대로 밥 먹여 주지 않는다.
체면 때문에 내가 의식한 '남의 눈', 그들은 나에게 무엇을 가져다주었나.

한국사회에서 지금까지 우리의 어깨를 무겁게 눌렀던 돌덩어리는 체면이었던 것 같다. 나 역시 그 체면 때문에 비효율적이고 불필요한 노릇을 많이 했었다. 속으로는 불만이 차올라 투덜대면서도 체면이 있는데 어쩔 수 없지 않느냐며 모든 상황을 받아들이고 순응하며 살던 때가 있었다.

길지 않은 우리 삶에서 나의 행복 그리고 고통을 담보한

오해받기도 이해하기도 지친 당신을 위한 책

체면.

둘 중 무엇이 중한가.

단, 남이 나를 치켜세워 주는 맛에 푹 빠져 있는 상태에서 남들의 시선이 그 무엇보다도 나의 행복지수를 높여 준다면, 체면은 소중하다. 남의 칭찬 한마디가 내 삶의 활력이 되어 줄 테니 말이다.

"나와 다르다면 외면하는가?"

인지부조화 cognitive-dissonance theory

우리는 평소 굳게 믿고 있던 나의 가치관이나 태도에 일치하지 않는 정보나 상황을 마주할 때 불편하고 어색함을 느낀다. 심리적인 불일치가 발생한다. 이러한 불일치감을 해소하기 위한 행동이 자연스럽게 따라온다.

일단, 자신의 신념에 부합하고 자신의 믿음을 지지하는 정보를 추구하게 된다. 행여 자신이 지금껏 지녔던 인식과 태도가 틀렸다고 판명이 날 수 있는 상황에서는 자신의 주장을 뒷받침할 수 있는 정보를 애써 찾는다. 그리고 신념에 부합하는 정보에 자신을 더 노출시킨다. 반대로, 자신의 신념에 반대되는 일이라면 회피한다. 우리는 일상에서 나의 가치관과 불일치되는 요인은 제거하고 내 생각에 일치하는 정보와 행동을 취함으로써 내가 틀리지 않았고 내가 옳다는 안도감을 느끼려는 경향이 있다.

- 레온 페스팅거(Leon Festinger)

난 채식주의자가 아니라고요

부쩍 내 주변에는 채식주의자가 늘기 시작했다. 그중에는 사회적으로 성공한 멋진 커리어 우먼들이 많다. 우연인지, 아니면 내가 아는 사람들 중 유독 커리어 우먼이 많아서인지는 모르겠지만 말이다. 채식주의라는 것이 서양에서는 익히 확산되어 있었지만 삼시 세끼 잘 차려 먹는 것을 중요하게 여긴 이 땅의 조상 덕에 고기는 입에 안 대고 일부러 야채만 먹는 것에 지금껏 은근한 거부감이 존재했다. 그러나 사회 분위기가 바뀌면서 최근 국내에도 채식이 하나의 중요한 트랜드로 자리잡았다. 건강을 위한다는 명목은 물론 동물복지 이슈까지도 등장했다. 채식이 궁극적으로 환경 보호에 도움이 된다는 점에서 채식에 대한 이미지는 점점 좋아지고 있다.

반면, 나는 채식주의자는커녕 육식주의자에 가깝다. 한동안 고기를 안 먹으면 속이 허하고 기운이 없다. 그런 나에게 채식만으로도 건강을 유지할 수 있다는 말은 공허하게 들린다. 심지어, 채식으로 식습관을 바꾼 이후에는 피부가 맑아지고 군살이 빠지며 날씬해졌다는 여타 지인들의 증언도 나에게는 그다지 유혹이 되지 못했다.

주변 지인들이 하나둘 채식을 선언하자 그때부터 이상하게 더 반발심이 생겼다. 그래서 인터넷 검색을 하다가도 채식을 무조건 신봉하다가는 자칫 건강을 해칠 수 있다는 기사, 청정 지역에서 자란 깨끗한 소고기의 감칠맛을 예찬하는 기사가 눈에 띄면 정독한다. 마블링이 예쁘게 든 한우 사진을 보며 만족감을 느끼고 닭고기, 돼지고기를 맛나게 요리할 수 있는 다양한 레시피는 애써 눈여겨 봐둔다. 나의 식습관이 절대로 나쁘지 않다는 사실에 안도하고 미소 짓는다.

사람들과 대화를 할 때도 이런 태도는 비슷하다. 고기를 꼭 먹어야 한다는 사람과 한 자리에 있으면 그렇게 반가울 수가 없다. 그도 나도 풀만 먹고 살 수 없다면서 고기를 먹어야 속이 든든하다는 공감대 속에 맛있게 고기를 씹어 먹곤 한다. 그러다 보니 어느 순간부터 채식주의자를 고집하는 사람과 만나면 좀 어색해지기 시작했다. 마치 내가 건강하지 않은 식습관을 고수하는, 시대에 뒤떨어진 사람처럼 보이는 것 같아 불편한 면도 있었다. 얼른 그 자리를 벗어나서 나처럼 고기 좋아하는 사람들과 불판에 지글지글 고기를 구워 먹으러 가고 싶어 안절부절했다. 이제는 점점 나와 다른 생각을 하고 다르게 행동하는 사람과 만나는 것이 불편해지는 것을 느낀다.

그런데 나는 맛있게 실컷 고기를 먹고 나서 된장찌개에 공기밥 한 그릇 먹는 것에는 큰 거부감이 든다. 배도 부르거니와 충분한 단백질 섭취 뒤에 탄수화물과 짭짤한 국을 곁들이는 것이야말로 건강에 좋지 않은 식습관이라고 믿기 때문이다. 이는 몸무게를 늘리는 직격탄이다. 나와 함께 고기를 먹다가 누군가 "한국 사람은 식사 때 반드시 곡기가 들어가야지. 된장찌개에 밥 한 공기 해야지."라고 말하는 때가 있다. 그러면서 본인이 주문한 밥 한 공기에서 반을 뚝 덜어 내 앞접시에 턱 하고 놓아준다. 고기 먹은 입가심은 그렇게 해야 한다는 조언까지 곁들인다. 도저히 동의할 수 없으니 가능한 그 자리를 빨리 모면할 궁리를 하게 된다.

그러다가 어느 날은 고기 구워 먹은 뒤 밥은 절대 안 먹는다는 사람을 만나면 그렇게 또 반가울 수가 없다. 남녀노소 구분 없이 그 사람과는 말이 참 잘 통하며 내 식습관이 역시 옳다는 강한 확신 속에 마음이 편안해진다.

그동안은 사회생활을 잘 하려면 이러한 '다름'을 꾹 참고 견디는 것이 이롭지 않겠나 생각했다. '다름'에 괴로워한다면 원만한 인간관계에 어려움이 있을지 모른다고 믿었다. 내 입맛에 맞는 기사만 읽고 내 의견에 동의해 주는 사람과만 만나는 자세는 사회적으로 편향된 삶 같았다.

그러나 '다름'을 회피하는 것은 인간의 자연스러운 본성이다. 불가피한 상황이 아닌 바에야 군이 '다름'에 자꾸 익숙해지려 하면 나의 뇌가 견디기 힘들어진다. 우리의 뇌는 내 신념과 일치하지 않는 사안을 회피하려고 한다. 대신 나의 신념과 일치하는 정보를 추구하려고 한다. 페스팅어는 이를 인지적인 부조화를 회피하려 하는 뇌의 당연한 반응이라고 설명했다. 그러니 내 생각을 지지해 주는 기사와 칼럼을 찾아서 읽고 내 생각과 일치하는 사람들을 더 자주 만나 대화하는 것은 지극히 자연스러운 일이다.

내가 어릴 때는 어른들이 "이 나이에 새로운 친구 만들어서 뭐해."라고 하는 말에 약간의 반발심이 있었다. 나와 다른 사람들을 만나고 소통하며 나의 한계를 넓혀가는 삶이 더 멋지다고 생각했기 때문이었다. 하지만 정작 내가 그들의 세대가 되어 살아 보니 역시나 나와 다른 생소한 사람을 만나서 이해하고 동화되는 일이 적지 않은 스트레스였다. 억지로 계속해서 나의 본성을 거스르는 것은 너무 나에게 가혹하다. 나와 다른 사람 역시 나를 만나 인지부조화를 겪고 있을 것이라고 짐작하는 여유가 필요하다.

채식주의자, 고기와 밥을 함께 먹는 식욕이 좋은 자, 고기만 먹는 단백질 신봉자. 그 어느 누구도 틀린 사람은 없다. 각자의 스타일에 맞는 사람들끼리 어울린다고 해서 편협하다고 지적할 권리는 아무에게도 없다. 나와 다른 무리의 사람들을 존중해야 한다. 그들 역시 뇌가 겪을 인지부조화를 최소화하면서 자연스러운 삶을 사는 것이기 때문이다.

난 집순이가 종아

대한민국이 한창 경제 호황기를 누릴 때. 크리스마스 시즌에는 휘황찬란한 불빛 속에 화려한 행사가 여기저기에서 열리고는 했다. 연말 분위기를 만끽하기에 각종 모임이 제격이었고 이 기간 중 약속이 없는 날에는 불안하기 그지없었다. 하루 정도라면 연이은 모임으로 인한 피곤함을 회복하겠다는 근사한 변명이 되니 다행이지만 대부분 약속 없는 날로 연말을 보내야 한다면 얘기가 달라진다. 인기가 없는 사람이거나 사회활동이 위축된 사람처럼 보였다. 왠지 별로 중요하지 않은 인물이 된 것 같아 의기소침해지기도 했다. 연말 약속의 개수가 한 인간의 사회적 중요도를

오해받기도 이해하기도 지친 당신을 위한 책

판가름하는 잣대가 아니라는 사실을 알면서도 전반적인 주변의 분위기에 어쩔 수 없이 휩쓸렸던 적이 있었다. 가기 싫은 약속도 마다하지 않고 참석했으며, 굳이 가지 않아도 될 자리일지언정 열심히 따라다녔다. 몸은 피곤했지만 마음은 편했다. 제대로 쉬지 못한 피곤함으로 눈가 다크서클이 진해져도 그것을 마치 훈장인 양 드러냈다.

그러다 어느 순간, 회의감이 몰려오기 시작했으나 수많은 모임들을 가지 않을 핑곗거리가 없었다. 나에게 안도감을 줄 변명거리가 없었다는 편이 더 솔직하겠다. 그래서 언제부터인가 나는 '집순이'를 자처했다. 딱히 외톨이의 삶은 아니었지만, 행여라도 약속이 뜸할 때면 "나는 집에 있는 것을 좋아해요. 나는 집순이랍니다."라는 말로써 나의 사교모임이 없는 이유를 설명했다. 페스팅어가 말한 인지부조화 상황을 극복할 수 있는 최적의 단어가 나에게는 집순이였다. 사회적으로 낙오되는 듯한 터무니없는 착각으로부터 나의 뇌를 편안하게 해줄 수 있는 아주 그럴싸한 이유였다. 나를 찾아주는 사람이 없어지고 모임이 줄어들면 사회적으로 실패한 것일지 모른다는 두려움에서 해방되기 위해 내 뇌가 내려준 처방이기도 했다.

그 이후 아주 신기한 일이 일어났다.

집순이라는 미명하에 굳이 쓸데없는 약속을 잡지 않고 갈 필요 없는 자리에는 끼지 않고 집에서 휴식하며 다른 생산적인 일을 하는 데 시간과 에너지를 좀 더 몰두하다 보니 점점 혼자 있는 시간이 좋아지는 것 아닌가. 처음에 집순이라는 말을 하면서는 내심 궁색한 느낌이 없지 않았으나 점차 집순이로서의 시간이 내 삶에 중요한 부분임을 깨달았다. 나를 위한 시간을 더 여유롭게 쓸 수 있었으며 대인관계의 압박으로부터 자유로워지는 계기가 됐다. 인지부조화를 회피한다는 것이 비단 소극적인 태도가 아니라는 사실과 함께, 그것은 차선책이 아니라 나에게 최상의 선택이 될 수도 있음을 경험했다.

집순이 사례 말고도 인지부조화를 벗어나려는 시도 덕에 더 새롭고 유익한 세상을 만나게 되는 일이 종종 있었다. 방송사를 그만두고 나와서 학문의 길을 갈 때는 문득 후회가 될 때도 있었다. 어쩌면 화려한 조명을 받는 게 더 멋진 삶 아닌가 하면서 책상 앞에 앉은 내 모습이 작아 보이기도 했다. 하지만 난 남 앞에 서는 것을 좋아하지 않는 성격이었으므로 "남들 앞에 서는 것이 싫어요", "누가 날 알아보는 게 부담스러워요"라고 설명하곤 했다. 나의 외모를 치장하는 시간이 줄어들고, 다른 사람을 의식한 차림새를 신경 쓰지 않게 됐다.

대신 책을 읽고 책을 쓰면서 내면의 자신감이 쑥쑥 자랐다. 간혹 또 누군가 "왜 방송 일을 안 하세요?"라는 식상한 질문을 해와도 현재 내 일이 얼마나 훌륭한지 자세히 설명할 수 있었다. 열심히 글을 쓰는 내 모습이 텔레비전에 나오는 내 모습보다 멋있어 보이기 시작했다. 그때부터 느끼는 만족감은 내 하루하루를 행복하게 채워 줬다. 그리고 나의 당당함은 바로 이 행복감에서 나오는 것을 깨달았다.

단 음식과 과자류를 매우 좋아하는 나는 다이어트라는 단어를 보면 딱 거부감이 들기 시작한다. 게다가 당분과 과자에 들어가는 각종 성분이 건강은 물론 피부에도 굉장히 나쁘다는 전문가의 의견을 접할 때면 죄책감이 들어 외면하고 싶다. 또 저녁 늦은 시간까지 과식을 하면 몸에 지방이 축적되고 위에도 부담이 크다는 정보보다 맛있게 먹으면 0칼로리라는 문구에 더 눈이 간다. 넘쳐나는 나의 식욕을 억제하기는 어려웠고, 음식에 대한 선호를 바꾸기도 싫었다.

그로 인해 발생하는 인지부조화를 나는 '운동'이라는 키워드로 해결할 수 있었다. "저는 마음껏 먹고 대신 엄청나게 운동을 하지요." 과자를 한 봉지 뚝딱 해치우고 나서도 운동으로 땀 내며 노폐물을 배출하겠다는 설명을 곁들였다. 그 결과, 대단히 날씬하지는 않지만, 그렇다고 군살이 붙지도 않은 그냥 적당히 괜찮은 체중을 유지하고 있다. 또한 마음껏 먹고 운동을 열심히 하는 것이 건강에 좋다는 기사를 접하면서 마음의 위안도 얻었다. 어쨌거나 많이 먹어서 운동을 해야 하는 상황이다 보니 운동을 일과의 우선순위에 두게 되었다.

페스팅어가 말한대로 인지부조화를 벗어나려는 노력은 나의 뇌에 편안함을 주는 차원에서 멈추지 않는다. 인지부조화를 벗어나게 해준 키워드를 붙잡고 매진하며 나아가면 오히려 나에게 가장 이로운 최적의 조건을 찾게 된다. 애초에 나와 맞지 않는 것을 과감히 버리고 나의 능력과 상황에 득이 되는 길, 그럼에도 불구하고 내가 몰랐던 길을 줏대 있게 지키게 된다.

내 생각이 남들과 다르다고 내가 틀린 것이 아니다. 내 의견대로 대안을 세워 가며 그 방향으로 나가는 것은 가치관이 확실하게 잡힌 여유 있는 삶의 방식이 될 것이다.

그 때 의 넌
누 구 고
지 금 의 넌
대 체 누 구 니?

　　오랜만에 만난 지인들과 대화를 나누다 보면 가끔 깜짝
놀라는 의외의 사실을 접한다. 내가 십 년도 넘게 알고 지
낸 사람인데, 지인의 독특한 가족 사항이나 지인의 특이한
경험에 대해서 전혀 듣도 보도 못한 정보를 새로 알게 되는
것이다. 이런 일이 최근 들어 종종 생겼다. 대개의 경우, 내
가 처음 듣는다고 깜짝 놀랐던 그 사실은 이미 오래전에 지
인이 나에게 몇 번이고 언급했던 사안이다. 단지 그때는 내
가 귀 기울여 듣지 않았을 뿐이다. 당장 나에게 도움이 되
거나 내게 필요한 정보가 아니었기 때문에 대강 듣고 흘려
버렸던 것이다. 나의 메모리 속에 소중한 정보로 고이 간직

오해받기도 이해하기도 지친 당신을 위한 책

되지 못한 채 한번 듣고 사라졌다.

친한 동생의 할아버지가 유명한 문인이셨다는 것, 친구의 어머니가 정치인이었다는 것, 잘 아는 선배가 이미 책을 몇 권이나 출간했다는 것 등, 지금 내 귀에 쏙쏙 박히는 그런 사실을 지금까지 까맣게 몰랐다.

돌이켜보면 십 년 전, 이십 년 전에 나는 정치나 출판에 무관심했다. 그런 상태에서 들은 이야기 소재였기에 듣고 나서 바로 잊어버린 게 아니었을까. 나의 기억은 선택적이었던 것이 틀림없다. 기억을 선택적으로 한다는 것, 그게 나쁘지만은 않다. 이 세상에 넘쳐나는 모든 정보를 머릿속에 다 담고 사는 일이 얼마나 피곤하겠는가. 망각하고 새로운 정보를 머릿속에 넣어서 지금 내 머릿속에 있는 기억을 밀어내는 작업도 필요하다. 그렇게 해서 우리들은 끊임없이 남의 이야기를 듣고 정보를 통해 배우고 알아간다.

선택적 기억은 우리가 복잡한 세상을 버텨내기 위한 본능적인 뇌의 반응이다. 나의 신념과 일치하지 않는 정보는 거부하고, 일치하는 정보는 적극적으로 받아들이는 인지 일관성의 개념에서부터 시작한다. 일치하는 정보에만 나를 선택적으로 노출하거나, 내가 선택적으로 주목할 수 있다. 시간을 넘나들며 오락가락하는 나의 기억은 결국 선택적인 기억을 하는 뇌 반응 때문이다. 당시 나를 지배하는 준거 틀에 기인해 그와 부합하는 내용은 기억하고 준거 틀에 부합하지 않는 내용은 스르륵 잊어버린다. 내가 편향된 것이라기보다는 현재 나에게 가장 중요한 일만 기억하는 선택적 기억이 만들어 낸 자연스러운 현상이다.

내가 현재 무엇을 기억하고 있는가를 살펴보면 내가 어떤 사람인지 쉽게 파악할 수 있다. 기억하고 있는 내용의 핵심 단어를 늘어놓으면 그것이 곧 지금의 나를 정의하는 중요한 단서다. 시간이 지나며 사람이 달라지는 것은 당연한 일이다. 수많은 경험 속에 가치관이 달라지기도 한다. 그뿐 아니라 직업이나 지위도 달라지고 나를 둘러싼 상황과 분위기도 과거와 같다는 보장은 없다. 혹자는, 어떤 사람의 주변에 모여 있는 친구들을 보면 그 사람의 본모습을 파악할 수 있다고 말한다. 그러나 친구들은 사회적인 책무 때문에 유지하고 있는 관계일 수 있고 우정이라는 진실함을 어디까지나 맹신할 수도 없다. 그것보다는 내 안에 있는 나의 기억, 그리고 나의 뇌리에 늘 남아 있는 그 어떤 단어들이야말로 거짓이 없다. 지금 내 머릿속에 안고 있는 기억의 소재들이야말로 나의 진면모다.

종게
생각해!!

　코로나 시국이 이어지면서 여러 가지 사회적 활동의 제약
이 생겨나고 성가신 일들이 계속 발생했다. 그 와중에 건강
에 대한 염려까지 가중되며 나의 신경이 예민할 때였다. 계
획했던 일들은 수시로 무산됐고, 사람을 만나는 일도 불편
해졌다. 본의 아니게 격리를 해야 할 일도 생기고 주변에 코
로나 블루로 힘들어하는 사람들도 만날 수 있었다.

　그러던 어느 날, 기대가 컸던 이벤트가 코로나로 인해 물
거품이 되는 상황이 또 찾아왔다. 익숙한 일이었지만 유난
히도 약이 오르면서 화가 났다. 함께 일을 기획했던 지인에
게 이렇게 푸념을 털어놓았다.

오해받기도 이해하기도 지친 당신을 위한 책

"정말 이 상황이 너무 짜증 나"

"왜 하필 지금 코로나 같은 것이 확산되는지 진짜 속상해 미치겠네"

거친 투덜거림 앞에서 내 지인은 나에게 아주 부드럽게 대답했다.

"짜증 내지 말고, 좋게 생각해~."

"엥?"

전혀 예상하지 못했던 답변에 나는 짐짓 당황했다. 속이 시커멓게 타는 듯이 답답하고 분했는데 좋게 생각하라는 말에 어떤 반응을 해야 할지 몰랐다. 처음에는 그저 형식적으로 날 위로하는 말이려니 하고 그냥 넘어갔다.

이후, 이상하게도 "좋게 생각해"라고 했던 지인의 말이 계속 귓가에 맴돌았다. 기왕 닥친 일인데 불평만 한다고 나아질 것도 없지 않은가. 그리고 어차피 내 앞에 주어진 상황이라면 그걸 좋은 쪽으로 전환하는 노력이 더 의미 있다는 사실을 나는 잊고 있었던 것이다.

코로나 상황으로 사람을 좀 덜 만나는 대신 나를 위해 쓸 수 있는 시간이 더 많아졌다. 보고 싶지도 않고 꼭 만나지 않아도 되는 사람들을 회피할 합당한 핑계가 생겼다. 너무 바쁘기만 했던 일상의 군더더기가 떨어져 나갔고 새로운 계획을 실천할 수 있는 계기가 주어졌다. 이와 더불어, 사회적으로는 위생관념이 고취됐고, 건강 이슈에 남을 배려하는 문화가 순식간에 퍼져 나갔다. 공공장소에서 개념 없이 재채기를 시원하게 날리고, 엘리베이터처럼 폐쇄된 공간에서 침 튀기며 시끄럽게 말하는 행동이 남에게 피해를 주는 행동임을 모든 국민이 인식하게 됐다. 코로나로 인해 불편한 일이 한두 개가 아니었지만 분명 좋아진 면도 존재한다.

'새옹지마', '전화위복'.

수도 없이 들었고 반복했던 사자성어다. 지금 당장 나에게 닥친 불행한 상황이 결국은 나에게 복이 되어 돌아온다는 의미다. 누구나 살면서 반드시 맞닥뜨리게 되는 안 좋은 일에 좌절하는 대신, 그 일을 계기로 미래의 더 좋은 일을 기대하고 기회를 만들어 보라는 격려이자 위로다. 황망한 일이 생겼더라도 그게 꼭 나쁜 건 아니며 그로 인해 더 좋은 일이 생겨날 수 있다는 말인데, 길지도 짧지도 않은 내 인생을 보면 정말 딱 그랬다. 하지만 새옹지마라는 말은 참 쉽게 할 수 있었던 말이 아니다. 어려움 앞에서 전화위복이라

오해받기도 이해하기도 지친 당신을 위한 책

고 스스로 위로하는 말이 잘 안 나온다. 불행 앞에 선 나를 향해서 가볍게 외칠 수 없는 말이기도 하다. 내 앞의 불행이 너무도 크게 나를 짓누를 때, 손에 잡히지도 않는 미래의 행복을 언급하며 나를 추스른다는 것이 보통 사람으로서는 쉽지 않다.

하지만, 이제부터 내 계획과 다르게 전개되는 일조차 '좋게 생각'하면서 짜증을 누르고 내 머릿속을 긍정의 이슈로 채워 가야겠다. 불평불만은 해봐야 나의 뇌를 부정적으로 자극할 뿐이다. 인지부조화는 거기에서부터 걷잡을 수 없이 더 커져만 한다. 인지조화를 이루는 다른 면을 보고 긍정 마인드를 유지하는 것이 나의 정신건강에 이롭다.

제2장
소통의
두 얼굴 알기

소통은 저절로 이뤄지는 것이 아니다.
다양한 요인이 복잡한 영향을 주고받는 과정이 소통이다.
소통의 메커니즘에 대한 윤곽이라도 안다면
오해 없는 원활한 의사소통이 가능하다.

"상대에 대한
오해를 줄일 수 있을까?"

전통적인 소통 모델 communication model

사회적 동물인 인간은 일상적으로 소통하며 살아간다. 너무 당연하고 자연스러워서 소통 이론이나 규칙이 있는지조차 인식하지 않는다. 굳이 복잡한 학문을 공부하지 않아도 의사소통하며 사는 데 큰 문제가 없기 때문이다. 하지만 소통에는 복잡한 메커니즘이 존재한다. 그것을 정리해 놓은 것이 커뮤니케이션 이론이다.

소통을 제대로 이해하는 첫걸음은 커뮤니케이션 모델을 이해하는 데서부터 출발한다. 소통이 이뤄지기 위해서는 메시지를 보내는 센더(sender)와 메시지를 받는 리시버(receiver) 사이에 정보의 유기적인 흐름이 발생해야 한다. 이때, 이 간단한 모델에 대해서도 외부로부터 유의미한 영향이 가해진다. 이로 인해 메시지의 의미나 방향이 틀어지고, 이는 다양하고 복잡한 인간소통의 결과로 귀결된다.

이미 오래전부터 학자들은 커뮤니케이션 모델에 대한 정리를 시작했다. 가장 간단하면서도 고전적인 모델은 새논과 위버(Shannon and Weaver)의 모델이다.

메시지의 흐름을 도식화하여 이해할 수 있다.

Sender → Encoder → Channel → Decoder → Receiver

이 과정에서 외부적 요인으로부터 노이즈가 발생해 흐름을 방해하면 애초에 센더가 의도했던 메시지는 제대로 전달되지 않거나 리시버에 의해 잘못 이해된다. 예컨대, 내가 친구에게 "내일 우리 6시에 만나서 6시에 저녁 먹기로 했지."라고 말하는데, 저녁을 먹는다는 말을 하는 순간 친구가 잠시 다른 곳에 한눈을 팔았다면 그 친구는 우리가 6시에 무엇을 하기로 했는지 알아듣지 못한다. 저녁 먹기로 했다는 말을 할 때

전화벨이 울려 잠시 집중을 못했다면 6시를 7시로 잘못 받아들일 수도 있다. 간단한 메시지 전달임에도 불구하고 센더와 리시버 사이에는 오해가 발생한다. 본의 아니게 미스 커뮤니케이션(miss communication)이 된다.

여기에 미디어라는 채널을 추가해서 응용한 것이 라스웰(Lasswell)의 모델이다. 매스 커뮤니케이션 요인을 적용함으로써 메시지가 대중에게 어떠한 영향을 미치는지 예측 했다.

Communicator → Message → Medium → Receiver → Effect

'누가' '무엇'을 어떤 '채널'을 통해서 '누구'에게 전달하며 어떤 '영향'을 행사하는지를 확인하는 것이다. 다소 편향적인 TV 뉴스를 보게 되는 시청자들이 특정한 사안에 대해서 편향된 판단을 하게 되는 이유를 설명해 준다.

소통은 아무렇게나 저절로 이뤄지는 것이 아니라는 사실만 알면 된다. 메시지의 본래 의미가 온전히 전달되는 것이 생각보다 쉽지 않다. 외부요인, 노이즈, 다양한 통제요 소 등이 존재한다. 메시지의 효과도 소통 모델의 틀 속에서 가늠해볼 수 있다. 소통에 이러한 과정이 수반된다는 사실을 알기만 해도 우리는 상대에 대한 오해를 좀 덜 하며 살아가게 될 것이다.

말 안 해보고
평 가 금 지

우리는 상대의 속마음도 모르면서 상대를 평가하곤 한다. 아니, 내가 그런 것 같다. 최근 들어 부쩍 내가 얼마나 편협한 사고방식을 갖고 있었는지 깨달을 때가 있다. 나이가 들어서 그런가? 무조건 내 판단, 더 정확히는 나의 예상이 맞을 것이라는 근거 없는 확신이 문득 다가올 때가 잦다.

내가 몇 번 방문했던 브런치 레스토랑이 있다. 요즘 인기 많은 '핫플'이라 늘 손님이 많고 점원들도 꽤 있다. 점원들의 외모는 하나같이 근사하지만 좀 쌀쌀맞아 보이기도 한다. 막상 내가 주문을 하면 딱히 친절하게 주문을 받는 것 같지

오해받기도 이해하기도 지친 당신을 위한 책

않아서 레스토랑 자체에 대해서는 그다지 좋지 않은 인상이 있었다. 심지어 점원들이 별 영혼 없이 기계적으로 주문받고 음식을 날라다 주는 것 아닌가 하며 탐탁지 않았다.

내 신간이 출간된 지 얼마 안 된 어느 날, 지인을 만나러 그 핫플 레스토랑을 다시 찾았다. 내 지인이 책을 열 권이나 사들고는 나에게 저자 사인을 받으러 왔다. 마침 테이블 위에 책을 예쁘게 쌓아놓고 사인을 하려고 할 때, 한 여자 점원이 우리가 주문한 커피를 들고 다가왔다. 테이블 위에 쌓인 책을 보고는 나에게 "작가님이세요?" 하고 묻는 것 아닌가. 내 지인이 "네 맞아요. 대화에 관한, 대화법을 다룬 책이랍니다."라고 말하자 그 점원은 반가운 말투로 "저도 이런 대화법에 굉장히 관심이 많아요."라고 말했다. 그는 활짝 웃으면서 책과 나를 번갈아 바라봤다. 그러고 나서 나는 그 점원이 특별히 더 따뜻하게 우리 테이블을 서빙한 것같이 느껴졌다. 주문한 음식을 가져올 때도 그의 입가에서 부드러운 미소를 발견했다. 갑자기 사람이 달라진 것일까?
물론 그 점원이 내 책에 관심을 보이니 나도 그에 대한 근거 없는 편견이 사라지고 갑자기 긍정적인 감정이 들었던 것도 사실이다. 하지만 그러면서 더 강하게 내 머리를 강타

했던 생각은 내가 그동안 점점 편협해지고 있는 것 같다는 자책이었다. 반성이었다고도 할 수 있다. 인기 있고 잘나가는 청담동 레스토랑의 점원들은 외모만 번드르르할 뿐 직업의식이나 손님에 대한 배려가 별로 없을 거라는 생각은 도대체 어디서부터 나온 것일까? 근거는 무엇인가? 전체가 아니라 일부분만 보며 그냥 나 혼자만의 확신을 쌓은 것 아닐까?

"나이가 들어서 그런 거야!"

스스로에게도 하는 말이고 남을 보면서도 하는 말이다.

주로 '아집'을 목격했을 때다. 아집은 생각의 범위가 좁아서 전체를 보지 못하며 자기중심적 관점에서 사물을 보고 이를 해석하거나 해결하려는 사고방식이다. 세상이 온통 자기중심으로 돌아가는 사람이 아집을 행사한다. 나이가 들수록 세상을 보는 눈이 밝아져 이해심이 커져야 하는데, 그 반대로 가면 옹졸하고 편협한, 그래서 아집으로 가득한 사람이 된다. 아집이 차오르면 자신에게 더 집착하고, 그러면 그럴수록 나 자신이 가장 옳다며 나만 내세우는 우를 범한다. 열린 마음의 소통이 필요하다.

내 판단이 틀릴 수 있음을 늘 의식하고 다른 사람과 소통

오해받기도 이해하기도 지친 당신을 위한 책

하며 다양한 의견을 접할 때 너그러운 인성의 소유자가 된다. 한번 쓱 보고는 내 머릿속에 떠오르는 즉흥적인 생각이 세상의 진리라고 여기는 습관이 굳어지면 나는 양미간을 잔뜩 찌푸리고 아집으로 가득한 고집쟁이 노인으로 서서히 늙는다. 남의 말은 안 듣고 내 말만 맞다고 주장하는 고집쟁이 노인은 그런 불통의 시간이 누적되어 탄생한다.

그날 카페에서 나오면서 정신이 번쩍 들었다. 아집에 빠지는 것은 나도 예외가 아니구나, 누구라도 쉽게 아집에 싸인다는 사실을 확인했다. 더 늦기 전에 깨달아서 다행이라는 안도와 함께 말이다.

활발한 소통이 쓸데없는 오해를 없앤다.

혼자
오해하고
상처받지
않기

오해는 나의 과도한 믿음 혹은 확신 때문에 생긴다.

주변의 흔한 경우가 나는 상대와 친하다고 믿는데 상대는 나를 그 정도 친한 지인으로 여기지 않는 것 같을 때다. 우리는 내가 친하다고 여기는 지인 앞에서 내 마음에 담아둔 하고 싶은 이야기를 서슴없이 내뱉는다. 내가 싫어하는 것을 단정적으로 말하고, 평소 혐오하던 것에 대한 냉혹한 평가를 거침없이 털어놓는다. 그러다가 상대가 내 이야기에 신나서 맞장구를 치기는커녕 표정이 관리되지 않는 묘한 분위기를 자아내면 스스로 머쓱해진다.

이쯤 되면 좀 심각하다.

오해받기도 이해하기도 지친 당신을 위한 책

상대는 나와의 인간관계를 유지해야 하는지 대해서조차 의문이 들기 시작했을 것이다. 혼자만의 믿음을 갖고 섣불리 떠든 대가로 인간관계가 절단 날 위기에 처했다. 그가 대놓고 나와 절교는 안 하겠지만 이미 나에게는 어색함이 싹텄고 상대도 나에 대해서 거리감을 느끼게 됐으니 말이다. 예전과 같이 끈끈한 관계로 다시 돌아오기 어려울 수 있다.

이와 반대의 경우도 있다. 승진하거나 시험에 합격하는 것과 같이 나에게 경사가 생겼을 때, 괜히 자랑하는 것 같아서 다른 사람에게 알리기 망설여진다. 나의 경사를 상대가 나중에서야 알게 됐을 때, 상대는 섭섭해하기도 한다. 그는 나와 친하다고 여겼건만, 그런 일을 자신에게 알려주지 않을 정도라면 둘은 친한 관계가 아니라고 단정해 버린다. 앞으로 사적인 이야기는 좋은 일이건 나쁜 일이건 점점 덜 공유하면서 서서히 둘의 관계는 그렇게 멀어진다.

이런 오해를 하지 않고 사는 방법이 있다면 누구라도 큰 실수 없이 사회적으로 꽤 성공할 수 있다. 하지만 사회생활에서 가장 큰 어려움은 인간관계에서 오는 오해다. 말을 많이 해도 탈이고 너무 안 해도 탈이다. 내가 하는 행동의 본심을 상대가 진심으로 알아주리라고 믿는 것은 지나치게 순진한 처사다. 상대를 대할 때 그의 마음이 내 마음 같지 않다는 사실을 늘 염두에 두는 것이 현명하다. 명확하게 묻고 답을 듣는 의사소통이 오해를 최소화하는 길이다.

세상에서 둘도 없이 가깝고 친한 인간관계라고 믿고 내가 좋으면 당연히 상대도 좋고 내가 싫으면 상대도 싫어할 것이라는 생각은 큰 오해다. 이런 오해를 갖지 않으려면 '나' 중심의 사고를 줄이고 대화를 많이 나누어야 한다. 상대의 속내가 절대로 '나 같지 않음'을 의식하고 나와 상대의 생각이 백 퍼센트 일치하지 않는다 전제하고 대화를 이어가야 한다.

좋은 것도 좀 적당히 표현하고 싫거나 나쁜 것도 좀 덜 표현하며 살면 중간은 간다.

만일 어쩌다가 오해의 소지가 전혀 없는, 구구절절 소통 없이도 나의 모든 것을 온전히 이해해 줄 수 있는 사람을 만난다면, 그는 진실한 친구가 될 수도 있고 연인이나 배우자가 될 수 있다. 그것은 인생의 큰 행복이다. 감사하며 그 상대의 존재를 소중히 여기며 살아가면 된다.

그 흔한
인사말의
진실

"볼 때마다 늘 활기차고, 참 좋아 보입니다."

"아~ 네!"

"이렇게 쌩쌩하게 운동도 할 수 있으니 얼마나 좋아~"

"하하 그거야 뭐 그냥~"

운동을 좋아하는 나를 볼 때마다 지인들이 종종 나에게 건네는 인사말이다. 보통은 인사말에 잘 포함시키지 않는 표현 '활기차다', '쌩쌩하게'가 들어 있지만 별로 개의치 않았다. 으레 큰 뜻 없이 건네는 인사라고 생각했을 뿐 그 표현 안에 내가 감사해야 할 심오한 뜻이 들어 있는 줄 차마 깨닫지 못했다.

생전 앓지 않던 몸살 기운인지 뭔지는 잘 모르겠는데 어느 날 몸 컨디션이 아주 나빴다. 여느 때와 같이 러닝머신에서 빠르게 걷고 있는데, 어지럽고 구토가 날 정도여서 간단히 운동을 마무리했다. 기운이 너무 없다 보니 운동은커녕 일어나서 걷는 것도 피곤했다. 온몸에서 기운이 쭉 빠져나가 주저앉고 싶기도 했다.

몸이 아파서 일주일을 맥없이 골골거리며 지낼 때 느꼈다. 내 몸에 활기라고는 찾을 수도 없고, 쌩쌩한 에너지는 온데간데없다는 걸. 활기차게 걷고 뛰고 건강한 컨디션으로 움직인다는 것이 얼마나 큰 축복인지, 그 단순한 사실을 그제야 깨달았다. 사실 지금보다 훨씬 어렸을 때는 몸이 아파도 활기까지 없지는 않았다. 회복도 빨랐다. 하지만 지금은 어디 한 군데라도 아프면 내 몸이 부쩍 노화되고 뼈와 근육뿐 아니라 마음까지 한 단계 쇠약해지는 것은 아닌지 덜컥 두려움이 솟는다.

평소 나에게 예사롭지 않은 인사를 건넸던 사람들은 정말로 나의 그 활기찬 모습이 좋아 보였던 것이다. 생기 있는 삶이 얼마나 소중한지 잘 아는 그들은 그런 인사말을 내게 건넸던 것이다. 혹은 자신은 갖고 있지 못한 장점이 좋아 보

오해받기도 이해하기도 지친 당신을 위한 책

여서 인사말 속에 그 뜻을 담았을 것이다.

내 입장에서 다시 생각해 보니 정말 딱 그렇다. 키가 훤칠하고 늘씬한 젊은이들이 나에게 밝은 얼굴로 인사를 하면 저절로 탄성이 나왔다.

"정말 참 늘씬하고 예쁜데 항상 예의 바르게 인사도 잘 하네~"

그는 늘씬하다는 말을 수도 없이 들었을 것이 분명하다. 듣는 입장에서는 그저 그냥 통상적으로 하는 인사말인가 보다 하겠지만 나는 진심을 담아 건네는 말이었다.

별다른 고민 없이 하루하루 즐겁게 살고 있는 이웃이 웃는 낯으로 나에게 눈인사를 하면 이런 인사말이 나온다.

"어쩜 그렇게 항상 웃는 얼굴이세요~"

그는 미간 찡그릴 일없이 만사형통이니 웃는 얼굴로 지내는게 당연하다. 그러나 마음속 고민이 있는 사람의 눈에는 한없이 부러운 평온함이다. 그 마음이 인사말로 표현된다.

누군가 나에게 건네는 인사말 속에는 내 모습이 투영되어 있다.

상대가 나에게 어떤 인사말을 하는지를 보면 나의 삶, 나의 태도를 볼 수 있다.

익명이라는
가면 뒤의
선 택

만약 우리 사회에서 모두가 얼굴에 가면을 쓰고 그 누구도 서로를 알아볼 수 없다고 가정한다면 이 사회는 지금보다 평화로워질까, 아니면 폭도로 변한 사람들 때문에 난리통이 될까.

상상도 못 했던 '코로나 19'라는 전염병이 전 세계로 무섭게 확산되면서 우리는 몇 년간 마스크를 쓰고 지내야 했다. 처음에는 답답하고 불편했던 마스크 착용은 의외의 결과를 낳았다. 마스크 위로 눈은 노출돼 있지만 마스크 착용은 본래의 얼굴을 상당히 감추는 효과가 있었다. 실제 내가 어떻

오해받기도 이해하기도 지친 당신을 위한 책

게 생겼는지 다른 사람들이 제대로 알 수 없었다. 마스크를 벗으니 예상과 전혀 다른 생김새라며 '마기꾼'이라는 신조어가 생길 정도였다. 마스크를 쓰고 나서는 언제 어디를 가더라도 자신감이 생겼고 마음이 더 편했다. 아무도 내 얼굴을 제대로 보지 못할 것이라는 안도감은 발걸음조차 가볍게 만들어 줬다.

서서히 우리는 의상, 헤어, 메이크업에 신경을 덜 쓰게 되었다. 오히려 각종 패션 마스크가 등장하면서 피부표현을 위한 메이크업 대신 얼굴 라인을 예쁘게 보이도록 하는 마스크에 손이 갔고 색조 화장 대신 화려한 색감의 마스크로 치장을 했다. 아무튼 우리들 본래의 얼굴은 가려졌고 마스크로 꾸민 새로운 모습이 또 하나의 외모로 인정되는 실정이다. 실외 마스크 착용이 해제된 이후에도 여전히 마스크 낀 채로 다니는 것을 더 자연스럽게 생각하는 사람들이 많아졌다. 본래 얼굴을 가리니 뭔가 더 편안하고 사생활이 지켜지는 듯하다는 이유였다. 마스크로 얻은 자유로움으로 인해 행동거지가 더 편해졌다고들 인식했다.

얼굴에 얹은 얇은 마스크 한 장이 우리 언행에 이런 큰 영향을 미쳤다.

그러니 내 존재가 완전히 가려진 익명의 공간 온라인에서 사람들이 해방감을 느끼는 것은 당연하다. 온라인이란 가림막은 나를 투명인간으로 만들어 준다. 내가 어떤 말을 해도 남들은 내가 누군지 모르기 때문에 평소 모습과 달리 말하고 행동한다. 오프라인에서는 절대로 입에 담지도 않을 욕설을 해대며 누군가를 향해 온라인 테러를 가하기도 한다. 아무도 날 알아챌 수 없는 '자유로운' 세팅은 쉽게 방종과 타락의 공간으로 전락해 버린다. 건전한 소통은 없다. 일방적이고 거친 배설적 언사만 있을 뿐이다.

온라인에서 소통할 때는 더욱 '나다움'을 잊으면 안 된다. 내가 지금 당장 무책임한 가해자일 수 있지만, 어느 순간 나도 무력한 피해자가 되어 버릴 수 있다. 온라인상에 떠다니는 지저분한 댓글을 비난하기보다 가면 뒤에 있더라도 '나다움'을 잊지 않겠다는 다짐을 강하게 하는 것이 나를 위해 발전적이다.

온라인 익명의 공간이 좋은 이유는 여기에 있다. 그곳에서는 아무도 내가 누군지 알 수 없기에, 즉 내 상황과 내 모습을 알 수 없기에 오히려 나에 대한 나쁜 편견은 사라진다. 오프라인에서 평가받는 나보다 더 훌륭한 '나다움'을 뽐낼

오해받기도 이해하기도 지친 당신을 위한 책

수 있는 절호의 기회다. 지위, 나이, 성별, 외모 등이 모두 가려진 장막 뒤에서 정말 나의 실력과 인격만으로 이상적인 소통을 하며 멋진 나로 우뚝 설 수 있는 기회다. 오프라인에서 마스크를 쓰고 실제 모습보다 더 예쁜 척할 수 있는 것처럼 온라인상에서는 가면 뒤에서 더 멋진 나로 행세할 수 있다. 익명이라는 장막 뒤에서 업그레이드된 나로 소통하며 살아갈 것인가, 저질적인 소통을 일삼으며 추한 사람으로 타락할 것인가는 나의 선택이다.

인사가 되는 순간 사폐가

나는 하루에 카카오톡 메시지를 못해도 백 개 이상 받는다. 특별한 이벤트가 있을 경우에는 수백 건에 달하기도 한다.

내가 정치인도 아니고 영업을 하는 세일즈맨도 아닌데 무슨 카카오톡 메시지가 이렇게 많이 오느냐 하면 충분히 설명 가능하다. 우선 아이 셋과 관련한 학부모 단톡방이 대여섯 개쯤 되는데, 각각 단체 톡 방의 인원은 대략 70명쯤이다. 그리고 200명쯤 되는 회원이 속한 단체 톡 방도 있고, 60명이 속한 동창 단체방도 있으며, 20에서 30명, 적으면 15명 정도가 있는 다양한 목적의 톡 방도 여러 개다. 그 외

오해받기도 이해하기도 지친 당신을 위한 책

에도 자잘한 각종 톡 방을 포함하면 이미 단체 톡 방의 수만
으로도 상당하다.

사회생활 좀 한다는 사람들은 이런 단체 톡 방이 아주 많
다. 그러다 보니 하루 종일 심심할 겨를도 없다. 인원이 수
십 명 되는 톡 방에 누군가 딱 한 마디만 던져도 돌아오는 답
은 수십 개다. 가장 난감할 때는 누군가 간단한 어떤 정보를
올려줬는데, 거기에 화답을 안 할 수가 없어서 '감사합니다'
라는 인사를 하게 될 때다. 물론 감사하지 않다는 뜻이 아니
다. 아마 톡방 구성원 모두는 고맙다고 생각하고 있을 것이
다. 그렇다면 톡방 인원이 60명일 때, 감사하다는 인사는 59
개 올라온다. 감사 인사는 시간 차이를 두고 하나하나 알람
을 울려 대며 게시된다. 고맙다는 표현을 하긴 하는데, 59명
똑같은 인사를 한다.

"감사합니다.", "고마와요.", "와우~ 좋아요.", "애쓰셨네
요.", "유용해요, 고맙습니다." "땡큐요."…

표현에 차이는 있으나 어차피 같은 뜻이고 굳이 나 하나
반응 안 보인다고 아무 문제 없다. 그러나 다른 사람들이 다
하는데 나만 인사를 안 하자니 얌체 같고 눈치가 보인다. 수

십 명 되는 톡방 멤버들이 올리는 감사 인사는 시도 때도 없이 하루 내내 울려 대기 바쁘다. 좀 성가시지만 나도 감사하다는 인사를 남겼고 불쑥불쑥 올라오는 '감사합니다' 톡을 원망할 수 없다. 그래서 아예 어떤 단체 톡 방에서는 감사 인사를 안 남기기로 미리 약속을 해놓는 사례도 있다. 이 인사는 진정 누구를 위한 인사인가.

형식적인 인사라면 안 해도 좋지 않을까. 그 인사 안에 대단한 의미를 담고 있지 않다면 말이다. 굳이 큰 의미 없는 인사를 생략한다면 나를 비롯해 다른 사람들도 오로지 정보에 더 집중할 수 있지 않을까. 게다가 톡이 너무 많이 쌓이면 정작 정보를 보려고 한참 스크롤업 해야 하니 본 뜻이 흐려지기 일쑤다. 나의 감사함을 말보다 다른 방식으로 표현하는 것도 좋은 방법이다. 개인 톡으로 선물을 보내든가, 나또한 알짜 정보를 하나 알려 주든가 말이다.

때로는 인사도 민폐가 될 수 있다.
의미 없는 형식적인 소통보다는 말없이 실천하는 행동이 더 환영받는다.

소 통 의
방 해 자

SNS로 소통하는 것이 얼굴 보고 이야기하는 대면소통보다 더 자연스러운 세상이 됐다. 심지어 여러 사람이 모여서 함께 놀며 찍은 사진을 즉석에서 SNS에 포스팅한 뒤에, 함께 있는 사람들과 SNS상에 댓글을 달면서 또 다른 대화를 이어가기도 한다. 내 앞에 바로 대화 상대가 있지만 핸드폰 속 SNS를 들여다보며 그곳에서 그와 대화를 나눈다. 오프라인 만남이 갑자기 온라인 소통으로 탈바꿈하는 순간이다.

이런 모습은 대화의 단절인가?

아니면 여러 차원으로 연결되는 대화의 다면적 확산인
가?

그것도 아니라면 인간의 사회적 실재감에 대한 무감각인
가?

대면소통은 그 순간이 지나면 사라지지만 SNS처럼 온라
인에서 이뤄진 소통은 명백한 흔적으로 남는다. 당시에 함
께하지 않은 사람들도 이 대화의 흔적을 그림처럼 한눈에
볼 수 있다. 인간의 대화에 테크놀로지가 끼어들자 대화는
다른 사람들과 공유하는 공감각적 종합 퍼포먼스가 되어 버
렸다. 시공간을 초월해 언제 누구와도 소통할 수 있게 해주
는 SNS의 등장과 더불어 인간 커뮤니케이션은 진화했다.

옛날 같았으면 이사나 전학 혹은 이직으로 인해 연락이
두절되었을 친구들과 인연이 끊어지지 않는다. 오히려 이
십 년 넘게 소식을 몰랐던 친구와 SNS를 통해 재회하는 반
가운 일도 생긴다. 기술의 발전이 우리 인간의 삶을 더 편하
게 해주었음은 인정한다.

하지만 SNS를 매개한 소통으로 인해 불편하고 난감할 때
가 점점 많아지는 것도 사실이다. 내가 '보고 싶지' 않은 대
화를 외면할 수 없고 '하고 싶지' 않은 대화를 못 본 체할 수

없다. 내 의지와 반하더라도 대화에 합류해야 할 때가 생긴다. 혼자 좀 조용히 있고 싶은데 나도 이미 포스트를 본 이상 뭐라도 아는 체를 해야 하고, 특정한 반응을 보여야만 할 때가 생긴다.

가령, 나의 지인이 SNS에 자신에게 생긴 좋은 근황을 업로드한다. 멋진 일이고 축하할 일인 데다가 오랜 대화를 할 수 있을 정도의 소재다. 나는 혼자 속으로 흐뭇한 미소를 지으며 조만간 지인을 만나서 이야기 나눠야겠다고 마음먹는다. 그러나 바로 그 순간 이미 SNS에는 난리가 났다. SNS 인맥들이 그에게 벌써 화려한 찬사를 수십 개 올려놓았다. 나는 만나서 그보다 깊고 길게 이야기하고 싶었는데, 나도 당장 축하 말을 남기지 않으면 상대가 서운할 것 같아 마음이 급해진다.

SNS에서 오가는 훈훈한 덕담이 오히려 내 마음의 들뜬 열기를 가라앉혔다. 이미 김이 새버렸고 굳이 얼굴 보고 대화할 이유가 사라졌다. 애당초 얼굴 보고 만나서 깊은 대화 나누는 사이였는데 우리 인간관계에 초를 치는 듯한 느낌을 주는 SNS가 반갑지만은 않다.

소통이란 것, 꼭 그때 바로 해야만 제맛은 아니다. 좀 묵

했다가 좋은 감정을 최대한 숙성시킨 뒤라면 훨씬 진솔한 소통이 가능하다. SNS가 소통의 유용한 매개가 되기도 하지만, 지금은 소통의 벅찬 감동을 방해하는 소통 경로의 노이즈가 돼버렸다.

오해받기도 이해하기도 지친 당신을 위한 책

"무심히 던진 한마디 말에
상처받지 않았는가?"

비언어적인 단서 non-verbal communication cues

의사소통에서 절반 이상의 역할을 담당하는 것은 말이 아니라 말없이 표현하는 비언어적인 단서다. 똑같은 말을 해도 어조가 달라진다거나 표정에서 차이가 있으면 그 말뜻을 더 정확하게 알아차릴 수 있다. 소통과정에서 비언어적인 단서가 곁들여져야 온전한 의미전달이 이뤄진다. 언어학자와 커뮤니케이션 학자들은 말이나 문자를 제외한 여러 가지 비언어적 단서들이 의미전달의 70퍼센트를 담당한다고 보았다.

반면, 비언어적 단서가 차단된 채로 소통했을 때는 오해가 잘 생긴다. 비언어 단서 없이 문자메시지로만 뜻을 전달할 때 본래의 의미를 왜곡해서 받아들이기도 한다. 말의 뉘앙스를 파악할 수 없기 때문이다.

만일 누군가 문자메시지로 "그렇군요."라고 말했다고 하자. 그의 어조, 말의 속도, 목소리 크기, 표정, 제스처 없이 이 말을 해석할 여지는 다양하다. 내 말에 동의하는 '아! 그렇군요'라고 이해할 수도 있고, 살짝 비꼬는 '어라? 그렇게 생각한다고요?'라고 볼 수도 있고, 무관심한 '뭐 그런가 보네요.'라고 받아들일 수 있다.

말의 빠르기, 크기, 어조, 목소리 톤 등은 중요한 비언어적 단서다. 눈빛, 입꼬리 움직임, 고개를 끄덕이거나 절래절래 흔드는 행동, 팔짱을 낀 자세, 시선 회피, 바짝 다가앉는 태도, 눈을 지그시 감는 것 등도 비언어적인 단서다. 심지어 침묵조차도 매우 유의미한 비언어적 단서다. 우리는 문자나 말이 아닌 여타의 비언어적 단서들을 다양하게 사용하며 일상의 소통을 하고 있다.

문자메시지가 만든 오해

얼굴을 보고 대화하는 것보다 문자로 하는 대화가 자연스러운 세상이다. 휴대전화를 들고 전화하는 것보다 문자메시지나 채팅 앱으로 하는 소통이 더 일반적이다. 그런데 얼굴을 보지 않는 소통방식은 아무래도 여러 가지 제한적 세팅 속에서 이루어진다. 그로 인해 당사자들 간에는 불필요한 오해가 자주 발생한다. 내가 보낸 문자의 참뜻, 문자가 내포한 느낌이나 분위기를 상대가 온전히 알아채지 못하기 때문이다. 목소리 톤이나 표정, 제스처 같은 비언어적인 단서가 보완되어야 온전한 의미전달이 이루어진다.

비언어적 단서는 생각보다 중요하다. 상대가 도대체 어

오해받기도 이해하기도 지친 당신을 위한 책

떤 감정을 담아 나에게 말하는지 그 뉘앙스가 모호하면 본 뜻을 달리 이해하게 된다. 이를 보완하고자 이모티콘이나 각종 기호도 활용해 보지만 완벽하진 않다. 비언어적 단서가 결여된 문자만으로는 확실히 오해의 소지가 크다.

한동안 서로 연락이 뜸했던 지인이 있다. 그 이유는 문자로 인한 오해 때문이었다. 그가 했던 말을 내가 잘못 알아들어서 내가 그만 약속 날짜를 바꿔 버리는 실수를 했다. 그 때문에 그의 저녁 일정은 엉망진창이 되었다. 사실, 소통이 좀 모호했기에 딱히 누구의 잘못이라고 할 수는 없었지만, 저녁 약속이 졸지에 없어진 그에게 나는 미안했다. 그리고 며칠 뒤, 업무차 문자로 소통했고 나는 마지막에 이런 말을 곁들였다.

"내년에는 회사가 더 잘되기를 기원합니다"

그랬더니 그로부터 이런 답변이 돌아왔다.

"회사는 잘 돌아갑니다"

이런 문자 소통 이후 나는 더이상 그에게 연락하지 못했다. 그의 마지막 문자 속에서 나를 향한 화가 느껴졌기 때문이었다. 마치 '네 걱정 없어도 나는 잘 하고 있고 내 회사는 잘 돌아가고 있으니 당신은 신경 끄셔'라고 쏘아붙이는 것 같았다.

해가 바뀌고 몇 달이 더 지나서 그에게 다시 문자가 왔다. 그는 오랜만이라며 왜 연락도 없었냐고 아무렇지도 않게 내 안부를 물었다. 나 혼자 걱정했던 '삐짐'은 처음부터 있지도 않았었다. 그 당시 그는 기분 좋게 '(예^^ 덕분에 큰 무리 없이) 회사는 잘 돌아갑니다'라고 나에게 답을 보낸 것이다. 목소리 톤을 알 수 없어서, 어조를 파악할 수 없어서 발생한 오해였다.

이런저런 이야기를 나누었고 화기애애한 분위기 속에서 업무 미팅까지도 잘 마쳤다. 그 후, 보낸 그의 문자는 또 매우 건조하고 쌀쌀맞았다. 직전의 화기애애한 분위기가 아니었더라면 또 오해할 뻔했다. 그는 애초부터 그렇게 문자를 보내는 사람이었다. 화가 난 것도 아니고 단지 이모티콘 같은 것은 사용 안 하며 핵심 단어만 적어서 문자를 보내는 스타일이었다.

소통할 때, 말이나 글로 된 언어적 단서만으로는 온전한 의미전달이 안 된다. 언어 이외의 단서들이 추가되어야 화자의 뜻이 왜곡됨 없이 전달된다. 이모티콘이나 기분 상태를 드러내는 다양한 스티커 등도 잘 활용하면 금상첨화다.

문자만 보고 상대의 뜻을 내 생각에 비추어 해석한 뒤 혼자 낙담하지도 말고, 지레 기분 좋아 들뜨는 것도 경계해야 한다. 비언어적 단서가 없다면 분위기, 상황, 이유 등을 내가 한 번 더 신중하게 고려해 봐야 한다.

침 묵 은
무 조 건 금 ?

친하지 않은 사람들과 모임을 할 때 나는 주로 듣는 쪽을 택한다. 약간 귀차니즘인 내 성격상 굳이 살갑지도 않은 사람들과 특별한 목적 없는 사담은 성가시다. 친하지 않은 사람들 앞에서 자칫 의도하지 않은 말실수라도 할까 우려스럽기도 하다. 그들은 나의 전후 사정을 모르니 내 말을 오해할지도 몰라서 걱정도 된다.

어색함 속에서 분위기를 좀 전환하고자 아무 말이라도 하고 보자는 아무 말 대잔치는 실수를 낳는다. 내 속마음과 달리 상대에게 실례되는 언행을 하고는 뒤돌아 후회막심으로 속 끓이는 일도 종종 생긴다. '침묵은 금이다'라는 말이 괜히

오해받기도 이해하기도 지친 당신을 위한 책

만들어졌겠는가. 말을 해서 손해 되는 경우는 있어도 말을 안 해서 손해입는 경우는 드물다.

낯선 사람들 앞에서의 의도된 침묵은 의외로 좋은 결과를 가져오기도 한다. '남의 이야기를 경청하는 겸손하고 진득한 사람'이라는 인상을 만든다. 맞장구를 너무 많이 치거나 침묵이 어색해서 일부러 말을 만들어 내서 하다 보면 자칫 너무 나댄다는 인상도 생길 뿐 아니라 거칠고 억센 사람이라는 느낌을 남길 수도 있다.

침묵은 그래서 아름답다. "웅변은 은이요, 침묵은 금이다(Speech is silver, silence is gold)"라는 말도 나왔다.

하지만 침묵이 금이려면 그 침묵이 전적으로 선한 의도를 가진 침묵일 때다. 사악한 의도를 품은 전략적 침묵은 오히려 독이 된다.

대표적인 경우가 정치인들의 침묵이다. 우리는 독이 되어 버린 정치인들의 침묵을 너무나도 많이 목격했다. 엄청난 실언을 하고 나서 좋지 않은 여론이 들끓을 때, 그는 침묵한다. 입이 열 개라도 할 말이 없겠지만 잘못을 인정하는 사과 한마디 혹은 자초지종 설명 없이 조용히 침묵한다. 침묵이 금이라 믿으며 시간을 끌다 보면 사태가 잦아들 것이란 소망 속에 상황은 악화된다. 뒤늦게 여론이 심상치 않음을 절감하며 뭐라도 말해 보려 하지만 그때는 이미 너무 늦었다. 침묵은 그렇게 독이 되었다.

또 흔히 보는 유형은 골치 아픈 일 앞에서 적극적으로 해결하려는 노력 대신 침묵으로 일관하며 숨는 사람이다. 자신이 큰 실수를 하고 나서 해결은커녕 전화기를 꺼두고 사라지는 무책임한 행동이다. 차마 어디론가 숨지는 않아도 주변의 비난이나 지적에 대해 '노 코멘트'라며 입을 꾹 다물기도 한다. 마치 그렇게 아무 말 않으면 이미 저지른 잘못이 사라지기라도 하는 양, 반대로 잘못을 인정하는 순간 억울한 굴레를 다 뒤집어쓰는 양 말이다.

더구나 공인의 위치에 있는 사람이 범죄를 저질러 대중에게 충격을 안겼을 때, 설명 없이 '노 코멘트'로 일관한다면 그를 따르고 믿었던 순진한 사람들의 마음에는 상처가 생긴다. 그렇게 어물쩍 시간이 지나 비록 그 충격이 좀 사그라들더라도 이미 그 사람은 비겁한 사람으로 낙인찍히고 난 뒤다. 큰일을 하기는 틀렸다.

침묵을 유지하는가 혹은 침묵을 깨는가의 결정은 최근 들

오해받기도 이해하기도 지친 당신을 위한 책

어 국가나 기업 단위의 위기 커뮤니케이션과 전략 커뮤니케이션이라는 전문 영역으로 자리 잡았다. 과거에는 개인이나 기업이 위기 상황에 주먹구구로 대응하는 일이 많았지만, 이제는 침묵 대신 적재적소의 커뮤니케이션이 얼마나 중요한지 인식이 깊어졌다.

커뮤니케이션 분야의 전문가들은 입을 모아 이야기한다.

거창한 기업이나 국가 차원은 물론이고 개인 차원에서도 침묵이 금이 되는 것은 침묵을 제대로 사용할 때이다. 딱히 이슈가 없을 때는 입 다물고 침묵하는 쪽이 본전을 찾는 전략이지만 오해를 유발했거나 실수를 범했을 경우에는 침묵보다 적극적인 소통이 더 필요하다.

침묵은 좋고 적극적인 발언은 손해란 이분법은 틀렸다. 말을 해야 할 때 책임감 있게 말하는 것은 당연하다. 동시에, 나는 지금 왜 침묵하는지 한 번쯤 생각해보는 것도 필요하다. 아무리 침묵이 금이라지만 이쯤에서 내가 입 열고 말을 할 시점인지는 살펴야 한다. 지나친 침묵으로 인해 원치 않는 부정적인 이미지를 쌓고 손해 보지 않기 위해서 말이다.

누구와도
통하는
소통
아이템

한국 사람들은 인사를 어색해하는 것 같다.

낯선 사람과 마주치면 무표정한 얼굴로 고개를 돌려 외면한다. 엘리베이터 앞에서도 낯선 사람끼리는 숨을 죽인 채 엘리베이터가 이동하는 사인인 빨간색 숫자만 뚫어지게 쳐다본다. 그 좁은 공간에서 어색함을 인내하며 얼른 누구든 먼저 내리기만을 기다린다. 낯선 사람과 엘리베이터를 타느니 차라리 계단으로 걸어 올라가는 것이 더 속 편하다.

복도에서 낯선 사람을 마주칠 때도 상황은 다르지 않다. 저쪽 끝에서부터 걸어오는 알지 못하는 사람과 점점 거리가 좁혀질수록 긴장감은 고조된다. 딱히 시선을 어디 두어야 할지 애매하고 어떤 표정으로 앞을 바라봐야 할지도 망설여진다. 왜 하필 지금 저 사람은 이쪽으로 걸어올까 작은 원망도 서슴지 않는다.

차라리 땅을 보고 걷는 게 여러모로 훨씬 수월하다.

어느 음식점에 갔을 때의 일이다. 제법 음식값이 나가는 고급 음식점이었다. 나는 이미 주문을 해놓고 손을 씻으러 화장실 쪽으로 향했다. 화장실은 내가 있던 테이블로부터 좀 멀어서 홀을 가로질러 카운터 앞을 지나 걸어가야 했다. 내가 신은 구두에서는 또각또각 소리가 났다. 카운터 앞에 있던 중년의 여자 직원이 내 발자국 소리를 듣고 고개를 들었다. 그 순간 나와 그는 눈이 마주쳤다. 그런데 그 직원은 나와 눈이 마주치고 일 초가량의 어색한 찰나 뒤에 냉랭하게 고개를 다른 곳으로 돌렸다.

그곳은 정신없이 바쁘게 손님이 들어왔다 나갔다 하는 한 그릇 메뉴 음식점도 아니었다. 나름 미슐랭 스타 레스토랑이어서 직원들은 모두 친절했으나 이렇게 본의 아니게 직원으로부터 외면을 당하고 나니 머쓱해졌다. 그 직원이 굳이 나에게 나쁜 감정이 있는 것은 아니었다. 본인도 달리 어떻게 할 바를 몰라서 고개를 돌렸음을 알지만 안타까웠다.

이런 사례는 우리 일상에 흔하다.

낯선 사람과 마주했을 때, 우리는 속으로 무슨 생각을 하는가.

별 뜻 없이 내 눈에 들어온 상대방의 외모를 평가하거나 그게 아니면 무념무상으로 멍하니 상대를 주시한다. 어색하고 쓸모없는 이 시간이 얼른 흘러가기만을 바랄 뿐이다.

인연 없는 타인과의 관계가 불편하니 상대방과 눈을 마주치기보다 핸드폰을 손에 들고 블루투스를 낀 채 타인의 존재를 아예 인식하지 않는 상황을 더 편하게 느낀다.

다시 앞에서 언급했던 식당으로 돌아가 보자.

서빙을 하거나 응대를 할 때는 매우 친절했던 직원들이 아무 행동도 하지 않고 있다가 손님과 눈이 마주치자 싸늘하게 돌변했던 그 순간 말이다. 직원도 손님도 서로 머쓱해져서 아무 말도 안 했고 마음은 불편했다.

그럴 때 그냥 '안녕하세요'라고 한마디 하며 웃으면 어떨까. 할 말 없을 때, 왠지 어색할 때, '안녕하세요'라는 인사는 만병통치약이다. 서양 사람들이 바로 그렇다. 그저 'Hi'라는 짤막한 말과 눈웃음으로 모든 어색함이 사라진다. 하지만 화장실 가다 만난 낯선 이에게 '하이'보다 세 음절이나 더 긴 '안녕하세요'라고 말하는 게 좀 번거롭다 느껴질 수도 있다.

오해받기도 이해하기도 지친 당신을 위한 책

그럴 땐 그냥 말없이 입가 미소 눈웃음만으로 충분하다. 아무 감정이나 의미가 담겨 있지 않은 미세한 근육의 움직임일 뿐이지만 그로 인해 상황은 매끄럽게 흘러갈 것이다.

엘리베이터 안에서 낯선 사람과 마주쳐도 간단한 눈웃음, 복도 저쪽에서 모르는 사람이 뚜벅뚜벅 마주와도 간단한 목례. 아직 우리에게는 이런 인사 문화가 익숙하지 않아서 자칫 불필요한 오해를 살 가능성도 있지만, 이런 사례가 나로부터 확산되면 타인을 마주하는 어색함은 우리 사회에서 사라질 것이다.

오른쪽
어깨로
오일께서
스며드십니다

압존법.

일반인에겐 생소한 개념이다.

적절히 활용하는 사람도 많지 않다.

나는 압존법을 신경 쓰기 시작하면 직업병이 도져 버려서 피곤해진다. 애써 외면하려 애쓴다.

단골 스킨케어 샵을 방문했을 때다. 문 앞에서부터 나를 친절하게 맞아 준 상냥한 직원이 정성껏 나를 케어하던 중 갑자기 이런 말을 했다.

"고객님~ 오른쪽 어깨로 오일께서 스며드십니다."

오해받기도 이해하기도 지친 당신을 위한 책

그리고 이어졌다.

"이 오일은 정말 좋으십니다."

이럴 수가. 한순간에 무생물인 오일이 진정 나보다 지체 높으신 양반이 되었다. '오일 어른'께 공손하게 인사라도 해야 할 판이었다.

압존법은 대화할 때 나의 대화상대보다 지위가 낮은 사람이나 사물을 높이지 않는 문법이다. 상대에게 예의를 갖추는 화법이다. 가령, 학생이 선생님 앞에서 "옆 반 친구 아무개는 일찍 하교했어요."라고 해야지 "하교하셨어요"라고 하면 되레 선생님보다 친구를 더 높이는 셈이 된다.

하물며 사물은 더 하다. 물건을 사려고 하는 손님에게 "이 제품께서 훨씬 좋으십니다."라고 한다면 내 손님보다 그 물건을 높여 부르는 것이다. 문법상으로 틀렸다. 압존법을 제대로 활용하지 못했다. 아무리 초특급 VVIP 손님이 왔어도, "담당 매니저가 지금 외출했습니다."라고 해야지 "담당 매니저께서 지금 외출 중이십니다."라고 하면 안 된다.

그러나 고객이나 윗사람을 대할 때, 공손하려는 마음이 앞서다 보니 무조건 존댓말 표현을 사용하고 본다. 여태까지 나는 압존법 무시 어법을 들을 때마다 신경에 거슬렸다.

웃으면서 나를 응대하는 상대가 나보다 사물을 높여 부르는 그 표현에 매번 문법을 바로잡아 가르치고 싶었다. 사람들이 도대체 왜 압존법을 모를까 답답했다, 은근히 날 괴롭혔던 것이 바로 그 압존법이었다.

그런데 스킨케어 샵에서 '오일님'을 만난 그 날, 내 사고방식에 변화가 생겼다.

나보다 오일님을 높여 불렀던 그 직원은 나와 알고 지낸지 꽤 오래고 항상 고객인 나를 배려하고 친절했다. 고객의 편안함을 위해 진심으로 애를 썼으며 행여라도 불편함은 없는지 세심히 살피는 직원이었다. 그런 그가 하필 '오일님'을 언급하며 내가 잊고 있던 압존법을 소환한 것이다.

이상하게도 '오일님께서 내 어깨로 스며드신다'는 표현이 거슬리지 않았다. 어법이 좀 틀리면 어떤가. 직원이 진심으로 나보다 오일을 높여 부른 것이 아닌데 말이다. 고객에게 최선을 다해서 공손하려다가 오일이 오일님으로 불린 것 아닌가. 여태까지 나의 뇌 한구석에 자리했던 압존법 집착이 눈 녹듯 사라졌다.

압존법을 앞세워 상대의 호의를 외면했던 내가 더 부끄러웠다. 말보다 마음이 더 중요하다는 걸 모르지 않으면서도 압존법의 덫에서 벗어나지 못했던 것이다. 나에게 오일을 발라 주며 웃는 낯으로 나보다 오일을 높여 불렀던 그 직원 덕에 비로소 나는 압존법에서 해방됐다. 참 오래도 걸렸다. 말의 형식 따위에 집착하기보다 내면의 진심에 공감하는 모습이 더 위대하다.

압존법.
그냥 문법의 존재만 알면 충분하다.
상대가 최선을 다해 공손했으면 그만 아닌가.
뜻을 전달하는 데는 말보다 태도가 더 중요하다.

무 조 건
닥치고 '님'

"유선님~ 다음 차례시네요."
"유선님, 이쪽으로 오셔요."

"홍길동 실장님 나오셨나요?"
"네? 누구요?"
"홍! 길! 동! 실장이요."
"아! 길동 실장님 나왔죠."

몇 해 전부터 나의 기분을 좋지도 나쁘지도 않으나 묘하
게 만드는 호칭이 들린다.

오해받기도 이해하기도 지친 당신을 위한 책

처음 보는 직원이 나를 응대하며 서비스할 때 성은 생략하고 딱 이름만 써서 "유선님!"이라고 부른다. 그런 호칭을 난생처음 들었을 때는 귀를 의심했다. 그가 나랑 친구도 아닌데, 게다가 나는 제대로 된 서비스를 받아야 하는 고객인데 내 이름을 막 부르다니 말이다. 비록 이름 뒤에 '님'이란 한 글자를 보태긴 했으나 듣기에 반말 같았다. 손님을 부를 때는 당연히 성까지 붙여서 "황유선 고객님" 혹은 "황유선 님"이라고 부르는 게 맞지 않나 하며 살짝 불쾌했던 적이 몇 번 있었다.

전화 응대를 할 때도 그랬다. "유선님 맞으시죠?", "유선님, 예약 확인하려 전화 드렸어요." 갑자기 세상이 달라진 것인지, 내가 어느 별나라로 온 것인지 헷갈렸다. 내 친구랑 대화하는 것도 아닌데 내 이름이 마구 불렸다. 그런데 주변 사람들은 이름만 부르는 호칭을 자연스럽게 받아들이고 아무렇지도 않게 반응하고 있었다. 유독 나만 쓸데없이 민감하고 유난스러워 보였다. 하지만 늘 개운치 않았다. '황유선님'이 아니라 '유선님'이라니.

그러던 중 급기야 방송에서도 출연자들끼리 이름 뒤에 직함만 붙여 호칭하는 것을 듣게 됐다. 모 골프 프로그램이었는데 진행자가 출연자인 프로선수에게 '김영희 프로'라고

하는 대신 '영희 프로' 이런 식으로 불렀고 점점 많은 프로그램에서 출연자들끼리는 이름만 부르는 일이 잦아지고 있었다. "철수 MC님 은…", "영희 게스트는…", "민아 진행자가…", "경훈 교수도…"

언제부터 이름 뒤에 '님'을 붙여 부르는 호칭이 유행하기 시작했나 궁금해졌다.

과거 김대중 대통령이 1998년에 취임할 당시, '각하'라는 표현이 지나치게 권위적인 어감이라며 국민에게 친근감을 주기 위해 '대통령님'이라는 호칭을 썼던 적이 있다. 처음에는 어색하고 입에 딱 맞아 떨어지지 않았으나 쓰면 쓸수록 자연스럽게 받아들이게 됐다. 이제는 '각하'는 이상하고 '님'이 더 편하다.

그 이후 애매한 사람의 호칭을 불러야 할 때면 무조건 '님'을 붙이는 습관이 확산됐다. 비단 지위가 높고 나이가 많은 사람들에게만 '~님'으로 부르는 게 아니라, 하대가 가능한 상대에게도 '~님'을 쓰면서 '님'은 관계설정의 만병통치약이 됐다.

유치원생인 '김똘똘 어린이'가 '똘똘님'이 되기도 했고, 식당에서 직원을 부를 때도 "웨이터~~" 대신에 "웨이터님~~"

오해받기도 이해하기도 지친 당신을 위한 책

이라 말한다.

그러고 보면 '님'은 확실히 애매한 상황을 부드럽게 넘겨주는 훌륭한 호칭임이 분명하다. 현대는 평등사회이기 때문에 지위 고하를 막론하고, 서비스의 공급자나 수요자나 상관없이 이름이나 직함 뒤에 서로 '님'자를 붙이며 소통하는 상황을 선호하게 됐다. 고객이지만 '유선님'이고 매장의 직원이지만 '매니저님'이다. 굳이 한쪽이 일방적으로 상대에게 공손한 호칭을 불러야 할 이유도 없다. 우리는 서로 그냥 대등한 인격체다.

서양에서는 나이나 지위를 따지지 않고 좀 친해지면 'Mr.', 'Ms.' 대신 이름 부르며 소통한다. 고객의 이름을 불러 대는 것이 낯설지도 않다. 스타벅스에서 주문한 커피가 나왔을 때, 직원은 온 매장이 떠나가도록 말한다. "유선 ~~ Your coffee is ready." 반면, "황유선님~~ Your coffee is ready." 라고는 안 한다. 내가 받아든 종이컵에는 '유선'이라는 이름이 휘갈겨 적혀 있다. '황유선 고객님'이라고는 안 적는다.

십 년 전 그리고 이십 년 전에 비해 우리 사회 분위기가 확실히 달라지고 있음을 이런 호칭을 통해 체감한다. 시대의 흐름을 따라가지 못하면 나만 꼰대로 남는 것 아니겠는가. 그래서 나는 이제 "유선님~"이라고 부르는 호칭에 공손하게 "네에~"하고 답한다.

"유선님, 이쪽으로 오셔요.", "네에~"

"유선님, 전화하셨죠?", "네에~, 제가 전화 드렸습니다."

"유선님, 예약 잡아드려요?", "네에~, 예약 부탁드립니다."

오해받기도 이해하기도 지친 당신을 위한 책

반 말 혹 은
존 댓 말 에
대 한
사 소 한 고 민

한국어는 쉽지 않은 언어다. 같은 의미를 말하더라도 표현 방법이 다양하다. 미묘한 표현의 차이로 전달하려는 의미나 대화 분위기가 확연히 달라진다. 한국어 문법도 복잡하거니와 어미의 변환도 매우 다채롭다. 특히 존댓말과 반말을 누구에게 어떻게 사용해야 하는가는 언어적 이슈에 그치는 것이 아니라 인간관계 차원에서도 참으로 미묘한 문제다.

우리는 대체로 나이, 지위, 혹은 친밀도 등의 다양한 요소를 종합해서 상대와 반말로 소통할지, 아니면 존댓말로 대화할지 결정한다. 보편적이지는 않지만 이런 요소와 관계

없이 무조건 존댓말을 사용하는 사람도 있고, 반대로 한두 번 만난 사이라면 알아서 반말을 쉽게 쓰는 사람도 있긴 하다.

누군가를 반복적으로 만나서 소통하다가 좀 친해졌는데 계속 존댓말만 쓴다면 거리감이 느껴진다. 더 친해지기 어렵고 관계도 헛도는 것 같다. 그렇다고 나 혼자 반말 쓰기도 애매할 때가 있다. 쓸데없이 피곤해지기 싫어서 아예 말투 정리를 먼저 하는 경우도 생긴다. "우리 이제 그냥 말 놓을까요?", "제게는 그냥 편히 말씀 놓으세요." 이렇게 시작하는 호칭과 말투 정리를 한 번쯤 안 겪어 본 사람은 없을 것이다. 언어에 의한 관계 정리에 능한 사람들은 그만큼 인간관계를 수월하게 유지하고 사회생활도 효율적으로 해낸다.

반말 혹은 존댓말로 인해 난감할 경우는 언제 마지막으로 봤는지도 기억이 가물가물한 지인을 오랜만에 만났을 때다. "어… 안녕…하세요….", "오랜만이네…요.", "잘 지냈지…요?"

내가 과거에 이 사람이랑 어느 정도 편안한 말투로 대화를 했었는지 도무지 기억이 나지 않는다. 그와 반말로 얘기했든가, 아니면 존댓말을 썼든가. 한국어가 이래서 어렵다는 생각을 하며 어색하게 대화를 이어간다.

다짜고짜 반말 쓰기가 미안해서 존댓말을 쓰면, 행여 상대방이 서운할까 봐 우려스럽고, 친한 관계였으리라 짐작후 반말로 얘기했는데 정작 상대가 존댓말로 답하면 정말무안해진다. 호칭을 붙이는 것도 난감하다. '언니'였는지, '선배'였는지, '아무개 씨'였는지 도통 기억이 나지 않으니 말이다.

나는 이런 어색한 상황이 성가셔서 기억이 잘 안 나는 사람은 앞으로도 영영 안 마주치면 좋겠다고 생각한 적이 있다. 그런데 주변을 보니 좀 능청스러운 사람들은 이럴 때 무조건 친한 척을 하면서 상대에게 가깝게 다가갔다. 말도 더 편하게 하고 호칭도 알아서 갖다 붙였다. 그리고는 인맥의 폭을 넓혀가는 모습이 좋아 보였다.

한 해 두 해 나이 들수록 새로운 사람을 만나는 일이 부담스럽게 느껴진다. 나를 설명해야 하고 상대를 이해하는 데 시간이 걸린다. 각자의 가치관에 부합하는 삶을 살아온 성인들이 느닷없이 만나면 새삼스럽게 그 차이를 인정하며 맞춰 가는 수고가 필요하다. 소통할 때도 더 세심한 배려를 해야 하고 말실수를 안 하려고 조심한다. 우리는 이런 과정의 귀찮음이 새로운 사람을 만나는 실익보다 크다고 여길 때,

아예 인맥의 확장을 포기해 버린다.

반말을 써야 하는지, 혹은 존댓말을 써야 하는지는 큰 고민거리가 아니다. 어차피 아주 오랜 과거의 지인을 다시 만난 순간부터 관계는 새로 시작이다. 소통의 말투 정도는 그 순간의 분위기에 자연스럽게 맡기면 된다. 사라졌던 내 인간관계가 다시 보완됐고, 이런 보너스 앞에서 말투 정리란 그저 사소하다.

"친구들과 마주 앉아
온라인 대화를 하고 있지 않은가?"

매개된 소통 mediated communication

테크놀로지의 비약적인 발전으로 우리는 얼굴을 마주하지 않고도 시간과 공간의 한계를 벗어나 소통할 수 있는 자유를 얻었다. 면대면(Face-to face) 소통이 아닌 기술에 매개된(mediated) 소통의 힘이다.

초기 매개된 소통은 이메일과 같이 비동시적이었다. 이후, 스마트폰, 채팅 앱, 그리고 SNS가 보편화 되면서 매개된 소통은 동시적으로 이뤄지게 됐고 면대면 소통보다 힘을 얻었다. 우리는 이제 전화로 통화하며 얘기하는 것보다 문자로 앱을 통해 소통하는 방식이 더 편하다.

전통적인 면대면 소통이 아니라 매개된 소통은 엄연히 인간소통의 또 다른 한 축을 차지하게 됐다.

중요하지 않은 것에 속지 마!

현대인들의 손에는 늘 스마트폰이 들려 있다. 지갑보다 스마트폰이 더 중요하다. 스마트폰 중독이 사회적 이슈가 된 지는 이미 오래다. 가만히 앉아 있는 사람들을 보면 십중 팔구는 스마트폰으로 SNS를 하거나 포털 뉴스를 읽는다.

스마트폰을 사용해 대부분의 정보를 접하다 보니 내 손안의 세상, 즉 스마트폰으로 접하는 뉴스가 현재 가장 주요한 사회적 의제로 여겨지기 일쑤다. 세상 사람들이 지금 무슨 얘기를 하고 있으며 관심사는 무엇인지 스마트폰을 열어 쉽게 파악한다. 내가 만나는 세상은 손바닥만 한 작은 스마트폰 속에 다 들어 있다. 스마트폰은 이 모든 일을 수행할 다

오해받기도 이해하기도 지친 당신을 위한 책

양한 앱이 탑재된 우주다.

일단 스마트폰을 열고 SNS로 들어간 뒤 각양각색의 포스트를 읽다 보면 나도 모르는 사이 정보의 홍수로 빨려들고 만다. 내 지인이 지금 어디에서 누구를 만나며 무얼 먹고 어떤 얘기를 나누고 있는지 알 수 있다, 아무리 멀리 떨어져 있어도, 심지어 알고 싶지 않아도 다른 사람들의 커뮤니케이션을 알 수밖에 없다. SNS만 보면 나를 제외한 다른 사람들은 바쁘고 행복해 보인다.

그러다 보니 스마트폰 속에서 각종 SNS와 채팅앱을 매개로 왕성하게 이뤄지는 대화에 나도 참여하지 않으면 소외감을 느끼며 마치 나 혼자 흐름에 뒤떨어지는 듯한 불안감에 빠진다. 다른 사람들에게 회자되는 대화 소재를 나만 외면할 수 없다. 결국, 내 의지와 상관없이 '좋아요'를 누르고야 만다. 그것만으로 허전해서 댓글도 달고, 마치 평소에도 항상 고민했던 주제인 듯 제법 길고 심각한 어조로 글을 쓴다. 이런 절차까지 마치고 나서야 비로소 안도하게 된다. 드디어 나도 최신 트랜드에 맞춰 사는 인사이더라고 스스로 토닥이며 말이다.

과연 나는 정말로 중요한 사회적 이슈에 제대로 관심을 표시한 것일까. 해당 포스트에 '좋아요'를 누르지 않거나 댓글을 달지 않은 사람들은 뒤떨어진 아웃사이더일까.

사람들은 유독 눈에 띄는 요란한 존재나 대상을 향해 무의식적으로 끌리는 경향이 있다. 옳고 그르고 혹은 중요하고 시시하고의 판단이 아니라 그냥 정신이 팔린다. 마치, 마을을 돌아다니며 요란스럽게 공연하는 퍼레이드의 악대가 무대 상단에 올라가 신나게 음악을 연주하자 사람들이 모여드는 양상과 같다. 여기에서 유래한 것이 '밴드웨건 (band wagon)' 효과다. 거리를 지나는 사람들 눈에 쉽게 보일 수 있도록 웨건 위에 높이 올라타서 밴드연주를 들려주는 모습이다. 사람들은 큰 소리와 화려한 장식이 있는 그곳으로 몰려든다. 밴드는 순식간에 대중의 관심사가 된다.

SNS에서도 이런 밴드처럼 유난히 사람들의 관심을 끄는 데 재주가 있는 위인이 있다. 십중팔구 포스트를 자주 올리거나 마치 세상의 모든 지식을 섭렵한 듯 단호한 어조로 확신에 찬 글을 빈번하게 포스팅하는 사람이다. 그는 다른 이용자들의 눈에 띄기 마련이고, 그의 포스트를 믿고 따르지는 않지만, 중독성 탓에 사람들은 그 언저리에 기웃거린다. 그가 게시하는 내용은 당장 중요한 이슈처럼 인식되고 포스

오해받기도 이해하기도 지친 당신을 위한 책

트를 보는 사람들도 이러저러한 이유로 거기에 동조하며 각자의 존재감을 드러낸다. 이것이, SNS상에서 존재하는 밴드웨건 효과다.

또 비슷한 것이 선거철 여론조사에 대한 대중의 반응이다. 알면서도 매번 속는다. 우리는 후보에 대한 자질이나 능력을 검증하며 투표하겠다고 다짐하지만, 마지막에 결국 여론조사에서 앞서가는 후보에게 표를 던지는 경향이 있다. 내가 지지하지 않는 후보가 선두로 치고 나서면 더 많은 이들이 그 후보를 지지하는 바람에 내 표는 사표가 될 것을 고민하고, 결국 앞서가는 그에게 투표한다. 이런 이유로 여론조사 선두에 서는 후보가 대중으로부터 더 주목받고 결국은 당선되는 경우가 많다.

대중은 사회적으로 눈에 띄는 사람이나 자주 들리는 목소리에 집중하고 그곳으로 모인다. 대중이 몰리니 그것이 '대세'인 양 인식되고 나머지 사람들도 덩달아 모인다. 그렇게 해서 사회적으로 중요한 의제가 설정된다. 사회는 그렇게 돌아간다.

사람들의 주목을 받아 사회적으로 가치 있는 소재로 인식되며 수면 위로 떠오른 이슈.

정작 가치 평가는 잘 이뤄지지 않는다. 수치적 우세가 내용의 중요성까지 부여했다. 이렇게 웨건 위에 올라선 밴드에 대해서는 냉정한 가치 평가를 해야 한다.

가령, 초여름 SNS의 단골 포스트는 망고 빙수 '망빙'이다. 고급 호텔이나 카페에서나 팔고 있는 망빙 가격은 십만 원에 달한다. 이런 곳은 사진으로 찍었을 때 배경이 멋지다. 망빙을 앞에 두고 사진을 찍으면 안 예쁘게 나오기도 힘들다. 망빙 앞에서 환하게 웃는 사진은 SNS에서 초유행이다. 하지만 우리는 이에 대한 냉정한 가치 평가를 한다. 그 비싼 비용을 내고서라도 꼭 먹어야 하는 음식이라고 여기지 않는다. 개인 취향일 뿐임을 잘 안다.

사회적 이슈도 같다. 온라인 공간에서 자주 눈에 띈다고, 남들이 거기에 다들 토를 단다고 그것이 꼭 나에게도 중요한 일은 아니다. 밴드웨건에 휘둘려, 애써 나의 무관심을 관심으로 환기하려 할 필요는 없다.

오해받기도 이해하기도 지친 당신을 위한 책

잘 못 된
여 론 을
만 드 는 힘

　우리 중 다수가 주장하는 의견에 맞서 나의 의견을 독립
적으로 들고 나설 수 있는 사람이 얼마나 될까. 내가 옳다고
생각하던 일에 다수가 아니라고 말해도 내 뜻을 굽히지 않
고 본래의 중심을 지키는 사람이 얼마나 될까.

　사회적 동물인 보통의 인간은 다수의 의견 앞에서 쉽게
휘둘린다. 모두가 틀리고 나만 옳을 확률도 분명 존재하지
만, 소수 혹은 유일한 나의 판단이 옳다고 차마 소리 내어
주장하지 못한다.

　그런데 오프라인이 아니라 온라인, 즉 다른 이들의 얼굴
을 보지 못한 채 얼마나 많은 그리고 어떤 사람들이 떠들어

대고 있는지 가늠하기 어려운 온라인 커뮤니케이션 상황에 서는 이런 경우가 더 극적이다.

커뮤니케이션 학자들이 밝혀낸 바에 따르면 온라인상에 서 강하고 지속적으로 자기주장을 펴는 사람들은 전체 사용 자 대비 소수다. 하지만 이 소수의 무리들이 빈번하고 끊임 없이 목소리를 내는 바람에 다른 사람들의 이목이 이들에게 집중되며 이들의 언어가 온라인상에서 매우 넓게 퍼진다.

반대로, 자신의 목소리를 개진하지 않고 있는 다수는 자 신들의 생각이 일개 소수의견일 뿐이라 여기면서 정작 소수 가 떠들어 대는 의견이 대세이자 여론일 것이라 착각한다. 다수는 점점 더 입을 다물고 위축되며 숨는다. 그 바람에 목 소리만 큰 소수의 의견이 점점 강하게 부상하며 영향력을 발휘한다.

이렇게 만들어지는 여론의 형국이 마치 나선형처럼 커지 거나 작아지는 모습과 같다고 하여 독일의 학자 노엘레 노 이만은 이를 '침묵의 나선'이라고 칭했다.

포털에 올라온 논쟁적인 뉴스 아래는 수천 개의 댓글이 도배되기에 기사보다 댓글에 더 눈이 가기도 한다. 알고 보 면 그 뉴스에 댓글을 올린 사람들은 다른 뉴스에도 적극적

오해받기도 이해하기도 지친 당신을 위한 책

으로 댓글을 쓰는 사람들이다. 하나의 뉴스를 두고도 자신의 글을 몇십 번 반복적으로 게시한다.

우리 주변을 돌아보면 포털에 올라온 기사 아래쪽에 작정하고 댓글을 쓰는 사람들은 별로 없다. 대부분은 그저 댓글을 읽어 보는 정도다. 이슈마다 찾아다니며 열심히 글을 쓰고 퍼 나르는 '댓글 부대'는 그야말로 소수의 적극적인 사회 참여자들이다.

그걸 짐작하면서도, 나와 다른 주장을 하는 댓글이 대거 업데이트되는 것을 읽다 보면 나도 모르게 위축된다. 몇몇 소수만 나처럼 생각하는 것은 아닌지 의심하며 자신의 의견을 피력하는 데는 더욱더 소극적으로 변한다.

목소리 큰 소수가 만들어 내는 사회적 소음이 점점 커지면 그것이 대중의 생각, 즉 여론이라고 인식된다. 정작, 건강하고 의미 있는 사회적 가치는 수면 아래로 꺼져 버리고 우리가 중요하게 고려해야 할 다양성은 쪼그라든다. 서로를 볼 수 없고 상대의 실체를 파악하기 힘든 온라인 공간 속에서 특정한 사람들의 수선스러움으로 인해 다수가 흔들리고, 건전한 의견이 점점 사라진다. 바로 이런 '침묵의 나선' 속에서 중요한 것과 그렇지 않은 것을 강단 있게 구분해 내

기란 쉽지 않다. 하지만 여론에 관여하는 '침묵의 나선'이 존 재함을 아는 것만으로도 진정한 가치를 잃어버리는 실수를 덜 하게 될 것이 분명하다.

오해받기도 이해하기도 지친 당신을 위한 책

외로울수록
소설
중독

현대인들은 대부분 소셜미디어 중독이다. 아니 소셜미디어를 비롯해 다양한 앱이 장착된 휴대전화 중독이다. 한 손에 쏙 들어오는 작은 휴대전화를 잠시라도 손에서 놓으면 불안해서 어쩔 줄 모른다. 휴대전화가 옆에 없으면 아무것도 할 수 없을 것만 같은 무기력증도 경험한다. 인터넷을 사용하고 컴퓨터 OS가 장착된 스마트폰이 인간 사회에 소개된 지 불과 10년이 조금 넘었는데, 그 전에 스마트폰 없이 우리가 어떻게 살았는지 상상이 안 된다.

아이러니하게도, 스마트폰을 전화 걸고 받기 용도로 사용하는 경우는 드물다. 메신저를 통해 문자로 소통하거나 소통 앱을 이용한 음성이나 화상 통화가 일반적이다. 스마트폰이 가진 전화 용도 이외 활용도는 매우 높다. 다양한 정보 획득, 쇼핑, 투자 및 은행 업무, 회의, 오락, 레저, 관광, 콘텐츠 소비 등이 스마트폰을 이용해 이뤄진다. 스마트폰은 어느덧 인간 삶의 필수 아이템이 되었다. 현대인이 생활하는 데 필요한 소위 '모든 것'이 스마트폰 안에 들어 있기에 우리는 스마트폰을 손에서 놓지 못한다. 특히 스마트폰을 활용한 소셜미디어 사용은 한번 시작한 이상 끊기 힘들다. 나의 삶뿐 아니라 지인들의 삶도 그 안에 담겨 있다. 다양한 인간관계가 소셜미디어를 매개로 움직이기 때문이다.

타인의 삶을 간접경험 할 수 있고 내 삶을 공유하며 인간관계의 끈을 돈독하게 넓힐 수 있는 소셜미디어는 중독적이다. 역설적으로, 소셜미디어의 중독적인 사용은 인간의 외로움 그리고 우울감과 연관되어 있다. 커뮤니케이션 학자들이 반복적으로 확인한 결과를 보면 소셜미디어 중독은 외로움을 느끼는 사람에게 더 심하다. 우울감이 높은 사람일수록 소셜미디어 이용 중독성이 더 높다.

이런 결과는 우리가 소셜미디어에서 보는 허구적인 삶에 기인한다. 소셜미디어에는 주로 과장된 멋진 삶이 게시된

오해받기도 이해하기도 지친 당신을 위한 책

다. 소셜미디어 속에서는 우리의 외모도 달라진다. 포토샵으로 꾸며서 잡티 없이 화사하고 탱탱한 얼굴, 군살 없이 늘씬하게 변경한 몸매가 업로드된다. 실제의 삶 그대로가 아닌 특장점을 부각하고 일부분만을 왜곡해 포스팅하기 때문에 남들의 소셜미디어를 보고 있자면 나만 빼고 다 행복하고 근사하게 살아가는 것 같다. 나도 그들의 네트워크에 무리 없이 합세하려면 남들 눈을 사로잡을 자랑거리를 만들어야 한다. 그게 가짜인들 왜곡된 것인들 소셜미디어에서는 정확히 알 턱이 없다. 소셜미디어는 매우 편리하게 나의 삶과 인간관계를 조작할 수 있는 공간이다.

같은 맥락으로, 오프라인에서 관심을 받지 못할 때 온라인에서라도 관심받을 수 있는 도구가 소셜미디어다. 비교적 쉽게 내 업적을 자랑하고, 내 경험을 뽐내고, 내 주변을 뻐길 수 있다. 화려한 사진 몇 장과 몇 줄의 글이면 충분하다. 소셜미디어 속에 만들어 놓은 내 이미지를 두고 다른 사람들이 지지해 주면 안심된다. 내 주변에 대화를 나눌 만한 친구들이 제법 있는 것 같아서 기분이 좋다. 그렇게 점점 소셜미디어를 통한 관계의 중독에 빠져든다.

소셜미디어 중독은 사람에 대한 그리움이 너무 커져 버려

생긴 결과다. 누군가와 아무런 주제라도 좋으니 실컷 대화하고 싶으나 딱히 마땅치 않을 때, 그 허전함을 소셜미디어로 해소하는 것이다. 관심받고 싶어서 나 좀 알아 달라고 세상에 외치고 싶은데 아무도 내 마음을 헤아리지 못할 때, 과장된 내 모습을 소셜미디어에 노출해 타인의 주목을 받는다. 짐짓 잘난 척을 좀 하고 싶은데 막상 어색해서 입이 안떨어질 때, 아무렇지도 않은 척 자랑 아닌 척 무심한 척 소셜미디어에 내 이야기를 포스팅하는 것이다. 그 밑에 달리는 칭찬 댓글을 보며 흐뭇한 미소를 짓는다. 운전하다가도 잠시 빨간 불 앞에서 무심코 소셜미디어를 확인하는 외로운 현대인들은 소셜미디어 중독이다.

오해받기도 이해하기도 지친 당신을 위한 책

두 개 의
소 통 사 이
나 는
어 디 쯤 ?

자그마한 스마트폰 속 모바일 세계에 집착하는 우리에게 현실에서 타인과 마주한 커뮤니케이션은 어떤 의미가 있을까. 디지털 네이티브를 자처하는 사람들 사이에서 실제로 얼굴을 보고 하는 대면소통과 스마트폰을 매개로 한 소통의 성격은 다를까, 같을까.

원로 언어학자들은 가끔 개탄스러운 기고문을 싣는다. 그들의 주장은 대개 '요새 젊은 사람들'은 대면 상황에서 언어 활용 능력이 떨어진다는 데 초점이 맞춰져 있다. 전화통화를 하며 상대방과 가벼운 대화를 나누는 것조차 서툴지만 채팅 창에서는 누구보다도 손가락을 빨리 움직이며 이야기를 나눈다. 친구들과 만나 환담을 나누다가도 누구 한 명이 단체 채팅방에 한마디를 적으면 그때부터 이 무리의 대화는 온라인상에서 이뤄진다. 함께 찍은 사진을 소셜미디어에 업로드하자마자 이들의 대화는 곧바로 댓글을 통해 이어진다.

채팅앱, 소셜미디어 등을 매개로 한 소통이 너무나 보편화되었기에, '요새 젊은 사람들'은 매개된 소통에 익숙하다. 이들은 테크놀로지에 매개된 소통을 하는 중에도 마치 상대가 내 앞에 있는 듯한 '사회적 실재감(social presence)'을 충분히 느낀다. 서로 얼굴을 보지 않아도 소통하는 데 덜 불편하고, 직접 앞에서 말을 나누며 의미를 교환하지 않더라도 대화는 어색하지 않다. 얼굴 보고 이야기하는 시간보다 디지털 디바이스에 매개된 소통의 시간이 더 많다.

이미 매개된 소통에 더 익숙해진 세대는 대면 상황이 어색하기에, 막상 누군가와 직접 대화를 나누는 순간에 본의 아니게 공격적인 말투나 예의 없는 말투가 튀어나올 수 있다. 인사말도 서툴고 공손하게 표현하는 법도 제대로 쓰지 못한다. 어찌할 바 모르는 표정은 무뚝뚝하다.

반면, 평생 오프라인 소통에 훨씬 많은 시간을 쓴 세대는

오해받기도 이해하기도 지친 당신을 위한 책

대화상대의 얼굴을 보고 직접 말문을 열어야 제대로 된 소통이라고 여긴다. 대화상대가 앞에 있어야 상대를 설득하는 데도 자신이 붙고 내 뜻을 좀 더 제대로 전달할 수 있다. 이들에게 매개된 대화 속 사회적 실재감은 매우 낮다. 벽 보고 이야기하는 듯한 느낌이 들 것이다.

면대면 혹은 매개된 소통을 수행할 때 소통 능력은 자신이 익숙한 소통환경에서 발휘된다.

디지털 매개 커뮤니케이션에 익숙한 사람들과 면대면 커뮤니케이션에 익숙한 사람들은 제각각 편안한 소통환경 속에서 소통의 진가를 발휘할 수 있다. 옳고 그름의 문제는 아니다. 익숙함의 문제다.

우리도 한번 돌아봐야 한다.

'나는 어떤 커뮤니케이션 환경에 더 적응된 유형인가?'

제3장

당신을
이해하는 길

소통은 상대방을 이해할 때부터 수월해진다.
도통 이해가 안 되는 상대방의 행동에는 분명 그 원인이 있다.
원인을 알면 결과도 예측된다.
이 메커니즘 속에서 우리는 다른 사람에 대한 오해를 풀고
원만한 커뮤니케이션을 이루어 낼 수 있다.

08 변증법

"잘 어울렸던 저 둘이
저렇게 헤어질 줄 몰랐어요."

관계적 변증법 이론 relational dialectics theory

인간관계도 진화하며 변한다.

관계의 변증법이란 친밀한 관계 속에서 상반되는 상호작용이 역동적으로 움직이며 관계를 발전시킨다는 이론이다. 아무리 친밀한 관계라도 서로 대립하는 특성이 존재한다. 이 때문에 초기에는 긴장과 갈등이 유발되지만 이러한 상이성은 오히려 관계가 변증법적으로 확장하는 계기가 된다.

친한 두 사람 사이에 유사하고 친밀한 점은 '정'이 되고 상반되는 점은 '반'이 된다. '반'의 요소는 언제나 존재하며 관계 내의 갈등과 긴장감은 필연적으로 발생한다. '반'은 개인의 고유한 특성과 자라온 환경으로 인해 형성된 독립성이기 때문에 타인과 관계를 맺게 되면 어쩔 수 없이 작용한다.

하지만, 건강한 대인관계라면 대화를 비롯한 다양한 상호작용 과정을 거쳐 궁극적으로 '반'이 해소된다. 그 결과, 관계는 '합'을 향한 발전적인 방향으로 흘러간다.

하지만, '반'의 요소로 인한 대립을 잘 풀어나가지 못하고 점차 갈등이 악화되면 결국 '합'에 도달하지 못하고 그 관계는 끝이 난다.

친한 사람이라고 믿고 좋은 관계를 맺은 사람이 있다. 하지만 그 사람과 가까워질수록 나와 다른 점을 발견하고 불편해질 수 있다. 혹은 너무 사랑해서 결혼했는데 막상 살아 보니 사사건건 대립하며 실망하기도 한다. 이런 상황이야말로 관계적 변증법의 시작점이다.

이때, 상호작용을 거쳐 둘 사이에 '합'을 만들면 관계적 변증법을 이뤄 낸 것이다. 이들은 더욱 돈독한 관계를 이어갈 수 있다.

- 박스터와 몽고메리(Baxtor & Montgomery)

정치적 보수, 진보, 혹은 중도

남북이 분단된 한국은 수십 년 전부터 이념적으로도 양분되었다. 한국은 같은 민족끼리 반목하는 역사를 겪고 감당하며 지금까지 왔다. 그 여파는 아직 완전히 가시지 않았다. 이 과정에서 누군가는 상처 입은 피해자이고 누군가는 위력을 행사한 가해자라는 갈등의 골이 깊어졌다. 상대진영과 내 진영을 가르는 습관이 생겼고 내 진영이 아닌 저쪽 편을 향해서는 반목하게 되었다.

우리는 각자 삶의 터전에서 특정한 이념을 좀 더 지지하는 사람들 틈에서 자라고 또 후세에게 영향을 미치면서 살고 있다. 지역감정이 그 부산물이다. 아이러니하게도, 여기

오해받기도 이해하기도 지친 당신을 위한 책

에 되레 불을 지핀 것은 한국 정치와 언론이었다.

이념 때문에 전쟁까지 겪었던 역사적 배경 때문인지 한국처럼 국민이 정치에 관심 많은 나라도 드물다. 모임에서 안줏거리로 정치 뒷이야기를 떠드는 일은 비일비재하고 다른 주제로 만났다가도 결국 정치 얘기로 대화의 방향이 흘러가는 경우가 흔하다. 정치 뉴스 시청률도 상당히 높은 편이고 정치 뉴스 비율도 다른 나라에 비해 높다.

국민의 높은 정치 관심만큼이나 정치 지식도 높으면 바람직하겠으나 안타깝게도 보통 사람들의 정치 지식은 실로 초라한 수준이다.

주된 이유는 우리가 접하는 정보의 소스다. 정치 분야의 전후 맥락과 속뜻을 온전히 파악하려면 균형 잡힌 뉴스 습득과 비판적 사고가 전제되어야 한다. 그러나 지금 미디어 환경은 개인의 편견을 증가시키는 구조다. AI는 우리에게 정치적 기호에 맞게 필터링 된 뉴스를 제공한다. 이렇게 조각난 정보만으로는 진실 파악이 불가능하다.

날마다 수백 개의 유튜브 영상이 전혀 검증되지 않은 채 우리의 눈과 귀를 현혹한다. 가짜뉴스는 넘쳐나고 균형 잡힌 시각으로 제대로 된 현실을 알려주는 정보를 만나기 힘들다. 우리들의 정치 지식을 채워 줘야 할 각종 정보가 오히려 올바른 정치 지식 습득을 막는 훼방꾼이 되었다.

지금 같은 상황이면 사실을 직시하고 객관적 판단을 내리기가 어렵다. 반면, 왜곡된 단편 정보에 현혹되는 일은 쉽고 흔하다. 미디어 테크놀로지의 발달이 정보의 편식을 조장하는 셈이다. 엎친 데 덮친 격으로 어지러운 국내 정치 상황은 왜곡된 정치적 인식을 수용하도록 부채질했다.

보수적인 가치관을 지지하는 사람들이나 진보적인 가치관을 지지하는 사람들은 각자의 주장에 대한 나름의 이유가 있다. 본인이 살아온 환경과 습득해 온 정보가 그들의 가치관을 형성했다. 정치적 성향은 한 인간의 태생, 성장, 환경, 문화적 경험 그리고 거기에 곁들여지는 정보습득을 통해서 아주 견고하게 그 사람을 칭칭 감싸며 뿌리내린다.

나와 다른 삶을 살아온 사람이 나와 다른 정치적 가치관을 가지게 되는 것은 매우 당연하다. 내 중심적으로 주변을 둘러본다면 나와 다른 정치적 가치관을 띤 사람들의 견해가 잘 이해되지 않을 것이다. 나는 그들과 전혀 다른 환경에서 다른 정보를 접하며 살아왔기 때문이다. 서로 다른 가치관을 지닌 사람들이 타인의 입장을 온전히 이해한다는 것이

오해받기도 이해하기도 지친 당신을 위한 책

어쩌면 더 가식적이다.

중요한 것은 이것 하나다.

'나는 옳고 너는 틀리다.'는 이분법적 판단이 옳지 않고 틀렸다는 것.

정치를 화두로 삼아 신나게 이야기하며 시간을 보낼 수는 있다. 그것이 우리의 스트레스를 풀어주는 좋은 소재가 된다면 말이다. 하지만 나와 다른 정치적 견해를 갖는 상대를 설득하려 들지는 말아야 한다. 내가 신뢰하는 정보를 불쑥 들이밀며 그의 생각이 틀렸다고 주장해 그를 당황하게 하는 것도 금지다. 정치적 대화는 그냥 각자의 생각을 꺼내놓는 정도에서 가볍게 마무리돼야 한다.

나 하나의 힘으로는 아무것도 바꿀 수 없고 딱히 달라질 것도 없으며, 그것이 심지어 옳은 행위인지 확신할 수도 없으므로 말이다. 자칫 인심도 잃고 이미지를 구기는 것은 덤이다.

신 념 을
바 꾸 면
변 절 자 ?

우리는 그동안 지켜온 신념을 잘 바꾸려 하지 않는다. 오히려 해가 바뀌며 나이가 한 살 두 살 더 많아질수록 믿고 있는 사실에 대한 확신이 점점 강해진다. 더 나아가, 남이 틀릴지언정 나는 늘 옳다고 여긴다. 나이가 들면 사람 잘 안 바뀐다는 말이 여기서 나왔다.

정치적 관심이 높은 한국사회에는 보수와 진보라는 신념이 강한 색채로 존재한다. 중도라는 신념도 있지만, 특정 신념이라고 하기에는 존재감이 미미하다. 보수는 보수대로 진보는 진보대로 정당과 정치인을 지지한다. 때로는 신념을 넘어 절대 믿음에 이를 정도다.

내가 어떤 정치인이 행여 상식에 벗어난 말을 해도 보도가 왜곡된 것이라 믿으며 애써 나의 판단이 틀리지 않았다고 여긴다. 이것이 인간의 본능이다. 사람들은 자신의 가치관과 일치하지 않는 정보를 외면함으로써 자연스럽게 인지적 부조화를 회피한다.

　그런 연유로 내가 믿고 지지했던 가치관에 예상치 못했던 변화가 침범하는 순간 우리는 혼돈 속에 빠진다. 상황이 달라지면 판단기준이 달라질 수 있고 자연스럽게 가치관도 변할 수 있다. 그러나 우리는 이런 변화를 받아들이기보다 나의 믿음을 스스로 져버리는 것이라 자책하며 지금껏 내 삶이 잘못된 것은 아닌가 회의감에 빠지기도 한다. 혹자는 여기에 '변절자'라는 무시무시한 레이블을 달면서 비난하기도 한다. 사람이 어쩜 저렇게 신념을 바꾸고 변하느냐며 손가락질한다.

　신념은 절대적인가.
　하늘이 두 쪽 나도 변하면 안 되는 것인가.
　신념이 달라지면 정말 변절자인가.

　단지 외부 환경의 변화만으로 우리의 가치관이 쉽게 달라지지는 않는다. 우리의 내면을 강하게 건드리는 어떤 자극이 수반되어야 한다. 그것은 외부에서 온 자극일 수도 있고 심리적으로 유발된 자극일 수도 있다. 타인에 의한 자극일 수 있고 스스로 형성한 자극일 수 있다는 뜻이다. 나의 확고한 인식을 바꿀만한 강력한 자극이 있지 않고서야 가치관이 달라지기는 쉽지 않기 때문이다.

참 희한하게도 내 신념이 바뀌면 나와 신념이 유사했던 지인들을 대하기가 어색해진다. 나는 변한 게 없는데 상대방은 나의 신념이 달라진 것을 두고 아예 나라는 사람이 달라졌다고 판단한다. 취향이 변하기만 해도 대체 무슨 큰일이 있었냐며 주변에서는 호들갑을 떤다. 그러니 신념이 바뀌고 난 이후에는 사회적으로 꽤 매서운 평가가 따라온다.

그것은 우리가 가진 신념에 대한 기준이 높아서다. 근거 없이 즉흥적으로 마구 형성된 믿음을 신념이라고 하지 않는다. 건전한 경험과 학습을 토대로 서서히 굳어져야 신념으로 인정한다.

하지만 비록 건강한 판단을 바탕으로 세워진 확고한 신념이 있을지라도 어떠한 자극을 통해 내면의 변화를 일으킨다면 그로 인해 또 다른 숭고한 신념이 창출될 수 있다. 이

오해받기도 이해하기도 지친 당신을 위한 책

런 과정은 분명 존중되어야 한다. 변화된 신념도 여전히 신념이다. 나의 신념을 바꾸는 것에 대한 거부감은 의미 없다. 타인의 신념에 대해서도 옳고 그름의 판단이 있어서는 안 된다.

나와 신념이 같아서 친하게 지냈는데, 어느 날 둘 중 누군가의 신념이 달라졌다고 해서 급격한 서먹함을 느낀다면 그 인간관계는 겉도는 관계였을 뿐이다. 같은 신념 아래 있는 상황이 편리했거나 같은 신념 덕에 이용가치가 있었던 것이다. 가까운 관계인 줄 알았으나 허무한 관계였을 뿐이다. 불필요한 인간관계는 정리해 나가야 한다.

하나의 신념 아래에서 동지의식을 느끼며 함께 웃었던 세월이 슬퍼지는 순간도 있겠지만 나 혹은 타인의 신념은 불변의 것이 아니다. 나의 신념은 나의 것이며, 나의 정신세계를 무너짐 없이 지켜줄 수 있는 강력한 방패막이다. 타인의 신념도 이렇게 존중돼야 한다. 신념이 같아서 어울렸던 사람들은 혹여 신념이 변할 때 나를 떠날 수 있지만 내가 가진 신념의 힘은 그 어떤 상황 앞에서도 나의 심신을 올바르게 잡아 준다. 신념이 달라지는 것을 두려워할 필요는 없다.

현재의 내가 과거와는 좀 다른 사고를 한다고 해서 내가 틀린 방향으로 향하는 것이 아니다. 기존의 신념을 소화하고 새로운 신념을 수용함으로써 한층 넓은 관점을 가진 더 나은 사람으로 발전할 여지를 발견한 것이다. 이점에 동의한다면 상대방도 나도 함께 발전한다. 인간관계의 바람직한 확장이다.

오해받기도 이해하기도 지친 당신을 위한 책

그렇게면이요
그렇으신세
좋당신세
하

"교수를 그만뒀다고요?"

"그 좋은 직업을 왜 그만뒀어요?"

"여자한테 좋은 직업 아니에요? 왜 안 해요?"

십중팔구 눈 동그랗게 뜬 상대방으로부터 수도 없이 들었고 답했던 나로선 상당히 식상한 문답이다. 책 쓰는 작가로 살고자 마음먹고 난 뒤 대학교수직을 그만두고 나니 사람들을 만날 때마다 너무 자주 들어서 나의 대답을 녹음기로 틀어 줄까 했던 바로 그 질문들이 꼭 나온다.

한술 더 떠서 교수가 되기 전에는 아나운서직을 그만뒀다고 하면 놀라면서 또 묻는다.

"아니, 그건 경쟁률도 높은 직업인데, 왜요? 왜 그만뒀어요?"

"왜요?" "이해가 안 되네요."

"그냥 다니지 왜 그만둬요?"

"왜? 왜? 왜?"

"그래도 그만한 직장이 없는데, 왜 그만두나요?"

아! 정말 꿀밤이라도 먹여 주고 싶다.

내가 오죽하면 당신들이 그렇게 좋다고 믿어 의심치 않는 그 일을 그만두었겠느냐고요.

"적성에 안 맞아서요."

가장 간단히 답할 수 있는 말이다. 여기에서 좀 더 친절하게 설명을 곁들이자면

"밖에서 보는 것과 달리 어려운 부분도 참 많아요. 근데 저랑은 그게 안 맞더라고요."

이쯤에서도 지겨운 문답을 멈추는 사람이 별로 없다.

"그래도 나와서 뭐 별거 있나요. 그냥 월급 받고 다니는 게 나은데. 왜 그만뒀어요?"

"…"

성인이 되고 중년의 문턱을 넘으면서부터는 남의 시선에

오해받기도 이해하기도 지친 당신을 위한 책

신경을 안 쓰면서 살려고 마음먹었다. 삶의 중반을 돌면 종 착점으로 향하기 마련인데 소중한 나의 삶을 남을 위한 것 이 아닌 나를 위한 것으로 온전히 살아가야 한다고 믿기 때 문이다. 이런 결심을 실천하는 상당히 구체적인 예가 바로 일이다. 남이 보기에 그럴듯한 타이틀을 가진 직업이라도 그 일을 하다 내가 힘들어지면 인내하지 않겠다는 결심이 다. 멋진 타이틀을 유지하기 위해 속이 곪아 가는 생활을 꾹 참는 삶은 거부하겠다는 강한 의지다.

참 희한하게도, 누가 정했는지 모르겠지만, 우리 사회에 는 사람들이 듣기에 그럴듯한 직업군들이 있다. 그중 하나 가 교수 그리고 아나운서다. 둘 다 되기도 어렵고 시험 한 번 잘 봐서 점수만 높으면 무조건 합격하는 직업도 아니다. 합격하기 위해서는 객관적인 시험성적은 물론이고 다소 주 관적인 평가로 판단되는 다양한 퍼포먼스가 겸비되어야 한 다. 그러니 이런 직업 타이틀을 따내기 위해서는 운도 따라 줘야 한다.

그러면서도 경쟁률이 높다는 것은 이를 하고 싶어 하는 사람이 많다는 것 아니겠는가. 그렇게 해서 합격하고 그럴 싸한 타이틀을 달고 나면 날아갈 듯이 기쁜 건 사실이다. 문 제는, 합격한 뒤 조금 시간이 지나면서부터다. 막상 출근해서 보면 내가 상상도 못 했던 상황을 접하게 된다. 비록 많은 이들이 선망하는 직업이지만 그 일의 모든 면이 100% 완벽하거나 매일이 만족스러울 수는 없다. 오히려 실망도 하고, 도저히 적성에 맞지 않는다고 판단되는 경우도 있다. 그때부터 우리들은 그리도 힘들게 들어간 직장으로부터 나올 결심을 한다. 이른바 '신의 직장'에 들어갔던 사람도 이런 이유로 사표를 쓴다. 혹은 또 다른 도전을 위해서 현재의 직장에 안주하지 않겠다며 과감한 결심을 하기도 한다. 타이틀을 던지는 데는 각자 지극히 개인적인 속사정이 있다.

다른 사람들이 뭐라 하더라도 나의 또 다른 도전 앞에서는 내가 가장 응원해야 한다. 기존의 경험을 바탕으로 새로운 세상에서 발전하는 나의 미래가 기다리고 있다.

정작 해보지도 않은 사람은 겉으로 보이는 타이틀만으로 그 직업을 온전히 판단할 수 없다. 누군가 그 타이틀을 과감히 포기했다고 해서 당신은 대체 왜 그랬느냐고 여러 번 의아한 눈길을 던지는 것은 무례하다. 해보지 않았으니 도대체 왜 그만두었는지 당연히 이해가 되지 않는 것이다. 먹어보지 않은 음식의 맛을 아무리 설명해도 도저히 알 수 없는

오해받기도 이해하기도 지친 당신을 위한 책

것처럼 말이다.

"그래도 거기가 낫지 왜 그만두나요?"라고 반복한다면 그 것은 본인이 얼마나 세상에 대한 경험과 안목과 이해도가 떨어지는지 증명하는 것 그 이상이나 이하도 아니다.

상대방에 대한 배려와 관심 그리고 일에 대한 지식 없이 피상적으로 "왜?"라고 반복하는 대화는 상대를 괴롭히는 무기다. 생각 없는 질문으로 상대를 자극하다 보면 그 인간관계는 망가진다.

만일 그럼에도 불구하고, 그렇게 안타깝고 그 좋은 일이 아까와 미치겠다면…

본인이 직접 하세요.

"낯선 사람과 대화하는 것은 부담스럽다. 그를 알기 전까지는."

불확실성 감소이론 uncertainty reduction theory

내가 만나고 있는 상대방에 대해 잘 모를 때, 우리는 불편하고 어려움을 느낀다. 어떤 말을 해야 할지도 모르고 어떤 행동을 하는 것이 옳은지 판단이 안 되니 마음이 편치 않다.

그런 이유로, 우리가 누군가를 만나면 이런 불확실한 상태를 최대한 해소하려고 한다. 불확실성이 사라질수록 상대방의 행동을 예측하는 것이 가능하다. 내 언행의 방향도 정할 수 있다. 반면, 최소한의 불확실성이 감소하지 않은 상황이라면 우리는 계속 긴장 상태에 놓여 있게 된다.

결국, 우리는 잘 모르는 상대방에 대한 정보를 가급적 많이 확보하고자 노력한다. 대화를 통해서 상대방의 선호를 파악하고, 가치관이나 신념을 알아내려고 애쓴다.

처음 보는 사람이거나 막 시작된 초기 인간관계일 때, 둘 사이의 불확실성 감소 정도에 따라 커뮤니케이션의 성공 여부가 달라진다. 인간관계를 성숙하게 만드는 것은 많은 정보다.

불확실성 감소를 위한 시도는 여러 가지가 있다. 가장 직접적인 방식은 상대방을 면밀하게 관찰해서 정보를 파악하는 것이다. 또, 주변인이나 내가 확보한 자료를 통해 상대에 대한 정보를 알아내기도 한다. 이도 저도 아니면 궁금한 점을 상대에게 직접 질문함으로써 그를 알아갈 수 있다.

- 버거와 캘러브리즈(Berger & Calabrese)

미 안 해 ,
내   가
미   안   해

편견은 반드시 버려야 한다. 특히 사람에 대한 편견은 금물이다. 직접 겪어 보지 않은 사람에 대한 성급한 판단도 하면 안 된다.

내가 절실한 상황일 때 그리고 내가 도움의 손길을 내밀었을 때, 주저함 없이 내 손을 잡아 주고 이끌어 주는 이는 반드시 내가 평소에 좋게 여겼던 사람이 아닐 수 있다. 의외로 내가 그동안 속으로 좋지 않게 평가했던 사람이 나에게 정말로 필요한 도움을 보태기도 한다. 그들의 진심을 뒤늦게 발견할 때가 있다. 그래서 우리는 막상 좀 어려운 일을 당할 때면 주변의 인간관계가 정리되는 것을 경험한다.

누구나 인생에서 한 번쯤 어렵고 고된 시기를 거친다. 나역시 그랬다. 앞이 캄캄하고 외로워서 나의 이야기를 귀 기울여 들어줄 누군가가 필요했다. 속으로는 내 이야기에 동의하건 반대하건 상관없이 내 말이 다 맞다며 가볍게 맞장구쳐 줄 이가 필요했다.

마침 기회가 돼서 내가 평소에 꽤 친하다고 생각했던 사람을 만나 내 마음을 있는 그대로 열고 이야기를 했다. 부당한 일이라고 화도 내고, 도무지 말이 안 된다며 불평을 늘어놓았더니 나에게 돌아온 반응은 의외였다. 상대는 정색을하며 나의 의견에 정면으로 반박했다. 그뿐 아니라, 세상만사에는 내가 모르는 또 다른 진실이 있다는 점을 기억하라며 좀 자중할 필요도 있다는 조언까지 던졌다. 그저 몇 마디투정하는 심정이었던 나는 꽤 큰 충격을 받았고, 그 후로 그지인과는 얼굴을 맞대고 대화를 나눌 자신이 없어졌다. 그때 받은 마음의 상처는 꽤 오래갔다.

정반대의 상황도 있었다. 나는 그 지인과 그다지 친하지않다고 생각했고, 그에 대해서 딱히 뭐 엄청 좋은 이미지를가지고 있지도 않았다. 마침 그와 식사 자리가 생겼다. 식사

오해받기도 이해하기도 지친 당신을 위한 책

중 대화를 시작하게 되자 나는 아무렇지도 않게 요새 나의 근황을 이야기했는데 상대의 반응이 의외였다. 내 일에 대해서 진심으로 기뻐하고 관심을 가지면서 적극 응원까지 해주는 것 아닌가. 그 후로도 본인이 혹시 도와줄 일이 없는지 물어오는 배려에 감동까지 받았던 일이 있다.

평소 그에 대한 인식 때문에 내 마음에 몽글몽글 솟아나는 미안함은 이루 말할 수도 없었고, 아무 근거도 없이 상대방에게 가졌던 비호감이 부끄러웠다. 그 후로도 나는 그와 연락을 할 때마다 말 못 할 미안함이 오래갔다.

사람은 겪어 봐야 한다.

지극히 주관적인 나 혼자의 생각으로 특정인을 평가하고 어떤 이미지의 틀 안에서 규정해 버리는 것은 오히려 나에게 손해다. 떡 줄 사람 생각도 않는데 김칫국 마시는 형국은 이렇게 발생한다. 인간관계의 품질은 경험을 존중하느냐 여부에 달렸다. 객관적인 검증도 없이 그냥 저 사람 나랑 맞을 것이라고 여기며 친해지기를 자처하거나, 저 사람은 그냥 맘에 안 들어서 괜히 멀리한다면 진실된 인간관계를 형성하기 어렵다. 작은 사건 사고에도 그 관계의 균형이 쉽게

깨지며 나는 상처를 입는다. 이런 시행착오를 줄여 나가는
방법은 있다. 사람을 좀 제대로 겪어 보고 객관적인 정보를
토대로 대인관계의 끈을 연결하는 것이다.

오해받기도 이해하기도 지친 당신을 위한 책

영화관에서
시끄럽게
외   친
할 아 버 지

　마가렛 미첼의 명작 '바람과 함께 사라지다'를 상영한다기에 오랜만에 영화관을 찾았다.

　세계인의 사랑을 받는 작품인 '바람과 함께 사라지다'는 미국 남북전쟁 시기, 미국 남부의 광활한 농장이 배경으로 나오고 스케일이 큰 고전 영화다. 내가 좋아하는 배우 비비안 리의 아름다운 모습을 극장의 거대한 스크린으로 볼 수 있다는 기대를 안고 영화가 시작되기를 숨죽여 기다렸다. 상영관은 자그마한 소극장 정도의 크기였다. 아마도 그런 고전 영화를 보고자 하는 관람객 수요가 많지 않아서였을 것이다. 영화가 시작되기 전까지 나는 마치 문학작품을 제대로 다시 책으로 읽는 듯한 엄숙한 자세로 앉아 있었다.

스크린이 환해지고, 좀 거친 음색의 정감 있는 웅장한 테마음악이 울려 퍼지며 영화 타이틀 'Gone with the wind'가 이탤릭체로 멋지게 화면에 등장했다. 드디어 영화의 시작이었다. 그 순간, 내 뒤에서 들려오는 할아버지의 목소리.

"이야~ 저거 나온다, 곤 위드 더 윈드. 바람과 함께 다 사라진다는 거야. 우리 인생이 그렇지. 바람처럼 우리 삶도 그렇게 가버리는 거야."

어머나! 세상에! 극장에서 저렇게 크게 말을 하다니, 근엄하게 영화를 보고 있는 나의 뒤통수를 때리는 한마디였다. 할아버지의 해설 아닌 해설은 계속 이어졌다.

비비안 리가 배역을 맡은 여자 주인공 스칼렛 오하라와 클라크 게이블이 연기한 남자 주인공 레트 버틀러가 함께 마차를 타고 피투성이 남북전쟁 전투의 현장에서 적의 눈길을 피해 긴박하게 달리고 있었다. CG 느낌 물씬 풍기는 이 장면이 나오자, 할아버지는 또 외쳤다.

"달려라 달려~ 신나게 얼른 달려라~~"

나의 진지했던 무드를 계속 깨버리는 할아버지, 그리고 영화관에서 타인에 대한 배려 혹은 매너라고는 하나도 지키

오해받기도 이해하기도 지친 당신을 위한 책

지 않는 할아버지의 관람 태도.

할아버지의 '해설'은 남의 시선을 아랑곳하지 않고 이어 졌다.

레트 버틀러에게 뽀루퉁한 스칼렛의 표정 연기를 보면서 "허허, 비비안 리가 연기를 정말 잘한단 말이야 그치?"

가끔씩 영어로 해설 자막이 나오는 부분에서는 큰 목소리 로 자막을 읽어 가며 곁에 앉은 할머니에게 뜻을 알려주기 도 했다. 꽤나 엘리트 할아버지인 것만은 확실했다.

이상하게도 상영관에 띄엄띄엄 앉은 사람들은 나를 포함 해서 할아버지의 그런 행동을 불쾌하게 여기지 않는 것 같 았다. 모두가 처음에는 당황했겠지만 이내 할아버지의 행 동을 정감 가게 받아들이고 있는 듯했다. 할아버지는 영화 속 주인공과 대화를 하며 영화에 완전히 몰입했다. 그는 영 화 속 대사를 상당히 많이 기억하고 있었다. 주인공이 한마 디 대사를 하면 할아버지는 상대 배우가 해야 할 대사를 한 발 앞서 읊었다. 대단한 스포일러다. 대개는 영화관람 중 그 런 행동이 타인의 신경을 건드리는 일이지만 나를 비롯해 다른 관람객들은 이내 할아버지의 호흡에 익숙해졌다. 그 할아버지에게 영화 '바람과 함께 사라지다'는 특별한 추억이 담긴 큰 의미였을지도 모른다는 공감대가 관객들 사이에 형성된 듯했다.

그 할아버지는 영화를 보는 내내 매우 행복했을 것이다. 할아버지 나름의 방식으로 그 행복을 표출했고 경험했다. 나 역시 가장 감명 깊게 읽은 세계문학 '바람과 함께 사라지다'를 영화로 다시 보면서 행복했고, 나 같은 행복감을 느끼는 또 다른 사람을 보면서 멋진 추억을 하나 쌓은 듯했다. 영화관에서 다른 사람에게 피해 주지 않게 조용히 영화를 관람하는 것이 옳은 문화시민의 자세이지만 감정을 마음껏 표현하고 영화와 하나가 되어 신나게 즐기는 관람도 때때로 힐링이 될 수 있으니 옳다.

문득, 발리우드 영화를 보면서 함께 웃고 떠들고 춤추는 인도 사람들도 이런 공감대 속에서 행복하리라고 뜬금없는 짐작도 하나 추가했다.

오해받기도 이해하기도 지친 당신을 위한 책

죽 었 다
깨 어 나 도
알 수 없 는 것

　남 앞에서 세상 모든 이치를 아는 척하는 사람들을 의외로 자주 만난다. 실상을 더 깊게 파고 보면 어디서 누가 하는 소리 한마디 딱 들은 정도인데, 마치 본인이 직접 기획하고 실행하며 결과를 만들어 낸 듯이 상세하게 아는 척을 한다.

　그런 사람들은 대개 남에게 얕잡아 보이기 싫어하는 심리상태를 갖고 있다. 그렇게 아는 척 말하지 않으면 남이 자신을 우습게 볼까봐 미리 두려운 것이다. 거기에 약간의 허풍스러움이 곁들여지면 바로 이렇게 아는 척하는 사람이 된다. 이런 정도라면 크게 문제 되지 않는다. 그냥 가볍게 모든 것을 아는 체하면서 넘어갈 테니 딱히 남에게 큰 피해를 주지는 못한다. 약간의 눈살을 찌푸리게 할 뿐이다.

그런데 정말 병은 세상 모든 진실을 자신이 다 알고 있다는 확고한 착각 속에 매사 판단의 기준을 자기 생각에 두는 행동이다. 이런 착각 속에 살고 있으면 나도 위험하고 남도 위험에 빠뜨릴 수 있다. 자신의 생각만이 무조건 옳고 자신이 예상하는 대로 세상 만물이 돌아간다고 여기는 데서부터 큰 오류가 시작된다. 그는 자신과 다른 의견을 내는 사람의 말을 듣지 않고 이견을 제시하는 사람을 무능한 사람 혹은 동행할 수 없는 사람으로 여기며 배척한다. 당연히 그는 다양성이 결여된 채 외고집의 길을 간다.

또 어떤 현상이나 상황을 제 기준대로 해석하며 의미를 부여하는데, 그것이 틀릴 가능성은 단 1퍼센트도 고려하지 않는다. 오판으로 인해 나중에 돌이킬 수 없는 낭패를 볼 가능성은 그만큼 높아진다. 본인의 실수로 인한 본인의 손해는 본인이 감당하면 그만이겠지만, 확신에 찬 그의 말을 철썩같이 믿었던 덕분에 예상치 못한 어려움에 빠지는 사람은 도대체 무슨 잘못인가.

제아무리 똑똑한 사람이라고 해도 본인이 속하지 않은 다

오해받기도 이해하기도 지친 당신을 위한 책

른 조직의 속사정은 알 수 없다. 겉으로 보이는 모습과 집단 내에서 돌아가는 다이내믹한 역학관계는 구성원이 아니라면 절대로 이해할 수 없다. 즉, 명석한 두뇌만으로는 내가 속하지 않은 세상의 본질을 알 수 없다. 경험이나 교류가 없으니 피상적인 추측에 그칠 뿐이다. 이를 받아들이면 겸손한 사람이 될 것이고, 이를 부정하고 자신만 믿으면 교만한 사람이 된다. 본질을 모르면서 이러쿵저러쿵 평가하다가는 실수를 부른다. 실상도 제대로 모르면서 어떤 중요한 결정을 내려서도 안 된다. 내가 속한 집단의 일이 아니라면 이렇게 쉽게 말해서는 안 된다.

"아, 무슨 일인지 다 알아."

"그게 당연히 여차저차 하여 된 것 아니겠어."

"어휴 뻔하지 뭐, 이렇게 저렇게 된 거라니까."

세상에 내가 모르는 또 다른 세상이 존재함을 인정하는 것이 현명하다.

경험도 많고 아는 것이 많아 내가 모든 것을 다 꿰뚫어 보는 것 같아도 막상 상상도 하지 못할 또 다른 세상이 있다. 비단 조직에 대해서뿐 아니라 인간적인 관계에도 이런 공식은 적용된다.

부모가 자식을 양육할 때도, 내 자식이니 당연히 자식이 영유하는 세상을 백 퍼센트 다 아는 것 같지만 자식의 머릿속에는 부모의 생각이 미치지도 못할 그만의 세상이 형성돼 있음을 받아들여야 한다. 죽고 못 사는 사랑하는 사람이 내 곁에 있을 때, 아무리 사소한 것이라도 다 공유하는 것 같지만 그 와중에도 각자 자신만 알고 이해가 가능한 세상이 있다.

때때로 세상이 도대체 왜 그렇게 돌아가는지, 저 사람은 도대체 왜 저러는지 머릿속으로 아무리 궁리해 봐도 도무지 이해가 안 될 때, 그때 바로 내가 모든 것을 다 알지 못함을, 다시 말해, 내가 모르는 세상이 있음을 상기하면 편안하게 이해가 될 것이다. 이 세상에는 내가 죽었다 깨어나도 알 수 없는 그 어떤 미지의 세계가 있다는 사실을 절대로 기억하자. 또 하나, 내 머리로는 아무리 노력해도 도저히 상식적으로 지식으로 이해할 수 없는 또 다른 세상이 있음을 잊지 말자.

10 침투

"얼마나 친한가는 얼마나 아는가이다."

사회적 침투이론 social penetration theory

사회적 침투이론이란 대인관계가 어떻게 상호작용하면서 단계적으로 발전해 가는 지, 그리고 관계의 단절은 어떻게 이루어지는지 설명해 주는 이론이다.

누구라도 처음 만나는 사람 앞에서는 어색하다. 사회적 침투이론에는 '양파이론'이라 는 애칭이 있다. 마치 양파를 한 꺼풀씩 벗겨 가며 점점 중심부로 들어가듯 양자 간에 대화를 나누면서 서서히 서로를 알아간다고 해서 붙은 별명이다. 사람과 사람이 만나 면 처음에는 겉모습만 볼 수 있지만, 관계가 발전할수록 개인적인 정보를 조금씩 상 대에게 노출함으로써 서로를 더 알아가게 된다.

단, 이 과정은 단계적으로 이뤄져야 한다. 처음부터 너무 갑자기 한꺼번에 꺼풀을 벗 어 던지고 사적인 단계로 자신을 노출해 버리면 낭패다. 이때, 상대는 오히려 거부감 을 느껴 관계를 지속하지 않을 수 있다.

예를 들어, 한 여자가 처음 만난 데이트 상대가 마음에 들고 친근하게 느껴져서 술 한 잔 마신 김에 옛 남자친구 이야기를 상세히 털어놓고 그의 험담과 헤어진 이유까지 늘어놓으면 막상 데이트 상대는 거부감이 든다. 어쩌면 그 여자를 다시 보지 않으려 할 수도 있다. 관계의 진전이 일방적이고도 너무 빨랐다.

관계가 발전하다가 어떤 계기로 인해서 관계를 지속하지 않을 경우, 자기 노출을 통 한 정보 제공은 멈춘다. 그뿐 아니라, 관계가 단절되면 기존에 제시했던 정보까지도 모두 회수하는 경우가 빈번하다. 우리가 어떤 친구와 절교한 뒤에 전화, 메신저, SNS 를 차단하는 것이 바로 그 경우다.

더 이상의 사회적 침투를 막으려는 의도에서 기존 정보를 회수한다.

- 알트만과 타일러(Altman & Taylor)

옛 정 에
속 으 면
마 주 하 는
결 과

인간 사회에서는 만남과 헤어짐이 반복된다.

어쩔 수 없는 외부 환경으로 연락이 끊어질 때도 있지만 요즘같이 통신이 발달한 사회에서 우리는 어쩌면 주도적으로 인간관계를 단절한다. 이유는 가지가지다. 상대가 나에게 했던 서운한 언행 때문이기도 하고 나의 가치관과 배치되는 사고방식 때문이거나 제3자로부터 들은 확인되지 않은 소문 때문이기도 하다.

우리는 처음에는 호감을 가졌던 사람에게 나중에 실망할 때가 있다. 상대에 대한 충분한 정보가 없는 단계에서 우리는 어쩔 수 없이 겉으로 확인되는 단서만 가지고 사람을 평

오해받기도 이해하기도 지친 당신을 위한 책

가한다. 하지만 시간이 지나면서 상대에 대한 정보가 쌓이면 본 모습이 보이고 정보가 없던 때의 내 판단이 틀렸을 때가 있다. 초기에 호감이 컸던 만큼 실망도 크다. 그때부터는 그 사람을 좀 멀리해야겠다고 다짐한 뒤 서서히 관계를 정리하는 것이 가장 무난한 수순이다.

문제는, 정작 당사자가 나로부터 '소심한 절교'를 당했음을 모른다는 사실이다. 내가 어떻게 지내는지 나에게 안부 문자가 오기도 하고, 눈치 없이 나에게 모임 자리를 제안하기도 한다. 번번이 핑계를 대면서 거절하지만 독한 마음 먹고 '당신을 이제 보지 않으려 합니다'라고 말하는 것 또한 쉽지 않다. 내키지 않는 마음으로 다시 얼굴을 마주하는 순간부터 또다시 후회가 몰려 들어온다. '정말 괜히 또 만났나봐, 역시 아닌 건 아니라고.' 이 말만 되뇌며 자책하기도 한다.

사람에게는 직감이 있다. 혹자는 그것이 사람의 육감이라고도 하며 그것은 일종의 '촉'이다. 다양한 인간사를 경험하면서 무의식중에 나의 내면에는 맞춤형 지식이 차곡차곡 쌓이고 결정적인 순간에 촉으로 튀어나온다. 그냥 느낌대로 내린 결정이 어떤 때는 이성적으로 계산한 판단보다 더 나을 수 있는 이유다. 그러나 인간관계는 감으로만 지속될 수 없다. 서로의 본 모습을 공개하고 드러낼 만한 환경이나 정보가 충분해야 사람을 좀 더 제대로 판단할 수 있다. 여기에는 시간이 걸린다. 한 인간의 본 모습을 한 번에 다 파악할 수는 없기 때문이다. 그래서 안정적인 인간관계를 만드는 데는 시간이 걸린다.

나 역시 속으로 셀프 절교를 한 경우가 있다.

만나자마자 나에게 잘 해주니 처음에는 좋은 사람이라고 생각을 했다. 아쉽게도, 시간이 흐르며 여러 상황을 겪어 보니 내가 생각했던 그런 사람이 아니었다. 심지어 정작 결정적인 순간에는 한없이 실망스러운 추태를 드러냈다. 그런 관계를 지속할 이유가 없다고 판단해서 한동안 연락도 안 하고 안 보고 지내니 세상 속이 편했다. 그렇게 서서히 그를 잊어 가던 어느 날 다시 만날 일이 생겼다. 아니나 다를까 나는 그에게 역시 또 실망하고 말았다. 남을 배려하지 않고, 자신의 이익은 열심히 취하며, 남의 의견은 나쁘고 자기의 의견은 정의롭다고 믿는 외골수에게 또 한 번 보기 좋게 당했다. 정보도 없이 성급했던 옛정에 속았다.

오해받기도 이해하기도 지친 당신을 위한 책

만일 누구에겐가 실망하고 다시 보고 싶지 않다는 생각이 든다면 나의 판단이 옳다. 그것은 시간이 흐르며 경험으로 찾아낸 정보가 나에게 확인해 준 것이다. 보지 말아야 할 사람이라면 또 보지 말자. 다시 보면 그 실망은 배가되고 결국 내 마음의 상처만 커진다.

양파처럼 단계별로 점차 친밀한 관계로 깊어졌던 사이가 틀어지고 깨져 버렸을 때, 더 이상의 정보교류는 없다. 인간관계를 돈독하게 만드는 사회적 침투의 과정이 종결되고 단절된 것이다. 그 이후 무언가를 해보려고 하는 것은 부질없는 시간 낭비일 뿐이다. 다시 보지 않겠다고 했던 사람은 보지 말자.

이미, 관계는 끝났다.
괜히 한 번 더 봤다가 실망하고 후회한다.
사람은 안 변한다.
내가 실망했던 포인트를 재확인 후 더 강렬히 굳히는 것일 뿐.

조언주의보

그 사람과 나는 꽤 가까운 사이였음이 분명했다.

그가 어느 날 사뭇 진지하게 나의 의견을 물어왔다. 자신이 처한 상황을 고민하며 나의 조언을 구했다. 눈빛을 보니 심각하게 고민이 되는 듯했고, 어떤 선택이 유리할지 믿을 만한 사람의 의견을 듣고 싶어 하는 것 같았다.

나는 의자를 끌어 바짝 다가앉았다. 내가 아끼는 그에게 진심으로 가장 좋은 의견을 건네고 싶었기에 전후 사정에 대한 설명을 듣고 난 뒤, 내가 가진 소신을 기준으로 조언을 시작했다. 내 지인이 더 나은 선택을 하기 바라는 마음으로 미사여구는 생략하고 적나라하게 대화를 풀어갔다. 각각의

오해받기도 이해하기도 지친 당신을 위한 책

선택에서 장점과 단점, 얻을 것과 잃을 것, 취해야 할 것과 과감히 버려야 할 것 등. 여기에 더해서 그가 실수했다고 생각되는 부분, 앞으로 고쳐 나가야 할 것들까지.

남의 일 같지 않고 내 일이라 여기며 열변을 토하다 보니 나도 모르게 감정 이입이 되었다. 친절한 조언이기보다는 살벌한 조언이 되었던 것도 같다. 그가 잘못한 일에 대해서는 단도직입적으로 지적을 날렸고, 우리 삶에서 더 좋은 선택을 하기 위해서는 평상시 편견을 없애는 태도가 중요하다고 설교했다.

혼자서 진이 빠질 만큼 조언을 쏟아낸 뒤 정신을 차리고 상대방의 표정을 보았다. 그는 내 얘기를 듣다가 지친 얼굴이었다. 심지어 마음이 좀 상해 보였다. 그는 어쩌면 자신의 선택이 크게 틀리지 않았음을 확인할 정도의 가벼운 조언 혹은 동의를 구하고 싶었던 것은 아니었나 싶었다. 나야말로 괜히 열과 성의를 다해 기껏 조언을 해주고도 머쓱해지는 순간이었다. 풀이 죽은 그의 모습에 내가 지나친 오지랖을 부렸나 후회막심했다. 그렇게 우리는 어색해진 상태로 자리를 마무리했다.

조언 때문에 어색했던 적은 그뿐이 아니었다. 이번에는

공식적인 자리에서 일어난 일이다.

조직의 발전을 위해서 만들어진 이른바 '자문단' 회의 석상에서였다. 나는 한 공공기관의 자문위원으로 위촉됐고, 소정의 수고료까지 받았던 나의 역할은 기관에 대한 건설적인 조언의 제시였다.

스무 명쯤 모여 있는 커다란 회의실이었다. 나를 비롯한 자문위원 셋이 착석을 하자 곧바로 기관 측의 발표가 이어졌다. 그들은 지금까지 해왔던 기관의 활동상과 그들이 수립한 미래비전 및 예산집행 내용 등을 발표했다. 발표를 듣는 내내 난 속으로 '너무 형식적이군.', '이건 전혀 구체성이 없는걸.', '실현 가능성은 있는지 모르겠음.', '뜬구름 잡는 소리인 것 같아.', '허술한 부분이 너무 많네.' 이런 부정적인 평가만 떠올랐다.

드디어 발표가 끝나고 자문의 시간이 왔다. 정말 작은 수고비였지만 그래도 내가 받는 자문료 값은 해야겠기에 빼곡히 적은 나의 조언을 하나하나 이야기하기 시작했다. 잘한 부분은 좋았다고 간략하게 언급하고 넘어갔고, 그 외에는 기관에서 수정하거나 재고해야 할 사안들을 꼼꼼히 짚어 가며 자문했다.

자문을 마친 뒤, 당연히 감사하다는 인사가 되돌아올 줄 알았는데, 내 예상과는 전혀 다른 반응이 날 당황스럽게 만들었다. 나의 자문내용을 들은 그들은 자신들에게 반기를 들었다는 듯 불쾌한 기색이 역력했다. 다 같이 점심 식사를 하러 가서도 어색한 분위기는 지울 수 없었다. 마치 "당신이 그렇게 잘났어?" 같은 분위기였다. 돌이켜보면, 공공기관에서 필수적으로 해야만 하는 자문단 회의였을 테고, 그들도 딱히 내키지는 않았지만 어쩔 수 없이 자문위원을 소집했을 것이다. 심지어 그들은 나의 자문내용을 듣고 반영할 의지가 없었을지도 모른다. 그날 나는 전문지식과 경험을 쏟아넣어 자문을 수행했으나 결과적으로는 그렇게까지 열심히 할 필요가 없었던 수고였다.

이런 일 말고도 조언으로 낭패를 본 경우가 더 있었다. 좀 더 발전적인 방향을 기대한다는 취지로 나는 질문 몇 개를 던졌다. 질문에 대답해야 하는 상대방은 목청 높여서 자신의 업무 내용과 효율적인 일 처리를 피력했다. 그것도 아주 빠른 템포와 높은 어조로 말이다. 누가 들어도 기분 나쁘고 화났다는 말투였다. 그날 이후, 그는 회의 자리에서 날 만나면 나와 눈도 잘 마주치지 않았다. 조언을 위해 했던 나의 질문이 그를 기분 나쁘게 했나 보다.

조언과 관련해서 이런 유사한 경험을 몇 번 하고 난 이후로 나는 조언에 조심하게 됐다. 굳이 상대를 위한 조언으로 인해 상대의 기분을 상하게까지 할 필요는 없겠다는 생각이 강해졌다. 어쩌면 조언에 대한 열정이 그만큼 식어 버린 것인지도 모르겠다. 조언을 구한다면 듣기 싫은 소리도 들을 준비가 돼 있어야 하는데, 의외로 그런 경우가 적은 것 아니겠는가.

조언은 조심조심 그리고 단계별로 조금씩.

이제
이별을
받아들일 때

"엄마, 오늘 튜터가 몇시에 오나요?"

아들 J에게는 3년 넘게 집으로 와서 숙제도 봐주고 시험 준비도 같이 도와준 형 같은 과외선생님이 있었다. 우연히 영어 이름도 아들과 같은 J였다. 그 과외선생님은 J를 살뜰히 챙겼다. 생일에는 생일선물을 사서 안겨 주고, 어디 여행을 다녀오면 기념품을 꼭 챙겨다 주며 아들 J와 돈독한 우정을 쌓아 나갔다.

늘 성실했던 과외선생님은 아들 J를 맡아 가르치는 동안 외국계 회사에 취직을 해서 어엿한 직장인이 되었다. 나는 극성맞게 아이에게 선행학습을 시키고 입시 위주의 치열한 과외는 선호하지 않았기에, 그저 아이가 공부에 흥미를 잃지 않고 수업이나 시험 준비에 빼먹는 것이나 없도록 꼼꼼히 챙겨줘 달라고 부탁했다. 과외선생님은 내 기대 그 이상으로 훌륭한 아이의 선생님이었다. 자그마한 체구의 아들 J와 그와 달리 체격도 좋고 훤칠하며 얼굴이 뽀얀 과외선생님 둘이 함께 앉아 공부하는 뒷모습에 미소가 절로 지어지기도 했다.

이런저런 일로 좀 정신이 분주하던 어느 날, 과외선생님에게 장문의 카카오톡 메시지가 왔다. 최근 들어 그는 부쩍 몸 컨디션이 안 좋아서 과외 스케줄을 미루게 되는 경우가 종종 있었다. 카톡을 받는 순간 좋지 않은 예감이 들었다.

예상했던 대로였다. 건강도 안 좋아지고, 회사일도 너무 바빠져서 J의 과외를 도저히 더 이상 할 수 없을 것 같다는 이야기였다. 마침 한 달 분량의 과외가 다 끝났으니 다음 달 과외를 시작하지 않고 그냥 마무리하는 것이 예의인 것 같다는 의견이었다. 메시지를 읽어 나가면서 소리 없이 눈물이 흘렀고 이내 가슴이 저려 왔다. 그리고 선생님의 뜻을 존중해서, 알겠다는 답장과 함께 그동안 정말 감사했고 아들 J에게 둘도 없는 소중한 선생님이었다고 말했다. 그리고 그

오해받기도 이해하기도 지친 당신을 위한 책

렇게 J는 선생님을 다시 보지 못했고 3년 넘는 과외는 순식간에 마무리됐다.

다음 과외 날이 돌아오기 전까지 나는 아들 J에게 차마 이 사실을 이야기하지 못했다.

그러던 중, 과외선생님이 2주 연속 오지 않은 것을 이상하게 생각한 아들이 나에게 물었다. 아들과 운동을 하던 중이었는데 아들은 사이클 페달을 밟으면서 과외 선생님에 대해 궁금해했다. 대수롭지 않게, 아니 짐짓 당황스러워서 어찌 말해야 할지 몰라서, 나는 얼버무렸다.

"튜터 오늘 안 오셔."

"튜터 그럼 언제 오나요?"

"안 와…"

그렇게 얼렁뚱땅 대화를 끝내 버리고는 운동을 계속했고, 집으로 돌아가는 차 안에서 아들이 또 물었다.

"튜터 언제 오는데요?"

"튜터 그만두셨어, 이제 안 오셔"

순간 정적이 흘렀고 분위기가 얼어 버렸다.

아들의 얼굴이 일그러졌고 눈시울이 벌개지면서 아들 눈에서 눈물이 뚝뚝 흘렀다.

아차 싶었던 나는 그제서야 이런저런 설명을 늘어놓았다. 선생님 몸이 많이 아파서 더 이상 과외를 하기 힘들어졌고, 회사일도 바빠서 이제는 못 오게 됐다는 그런 설명. 하지만 이미 너무 늦었다. 아들의 가슴에 큰 멍이 들고 말았다. 3년 넘는 긴 시간 동안 형처럼 살갑게 지냈던 과외 선생님과 그렇게 인사도 없이 갑자기 헤어지다니 말이다. 얼마나 막막하고 기가 막혔겠는가. 아들은 상심했고 그런 아들에게 산책 겸 먹고 싶은 맛있는 음식 사러 나가자고 달래는 게 고작 내가 할 수 있었던 전부였다.

아들은 산책하는 내내 내 손을 잡았고, 순간순간 나에게 머리를 기대며 안기곤 했다. 내 마음은 찢어질 듯 아팠고, 만남만큼 소중한 이별을 제대로 다루지 못했던 나의 서투름에 대해서 스스로 마구 비난했다.

과외 선생님이 더 이상 과외를 하지 못한다며 어차피 한 달 분량이 끝났으니 굳이 다음 달 과외를 시작하는 것이 폐가 될 것 같아 그냥 마무리하겠다고 했을 때, 왜 그러시라고 말했을까. 전혀 폐 되지 않으니 한 번만 더 오셔서 아이와 그동안의 시간을 정리하고 의미 있는 이야기도 나누는 기회를 가져 달라고 왜 말하지 않았을까. 선생님도 아들

오해받기도 이해하기도 지친 당신을 위한 책

J도 마무리하는 시간이 필요했을 텐데. 그리고 아들이 과외 선생님에 대해서 물을 때, 나는 왜 자초지종을 설명도 않고 다짜고짜 선생님 그만두셨다고 딱 잘라 대답했을까.

아들이 얼마나 놀라고 상처를 입을지 생각도 안 하고.

이별 그리고 마무리에 대한 대처를 제대로 못 한 탓에 아들의 마음에 상처를 만들어 냈다는 자책에 하루종일 우울했다. 그리고 아들은 저녁에 과외 선생님 이야기가 나오자 내내 참았던 울음보를 또 시원하게 터트렸다. 그날 온종일 얼마나 마음이 쓰리고 자신을 덮어 오는 그리움에 괴로웠을지 짐작하고도 남았다. 그만큼 내 마음도 아팠다.

우리는 때때로 예상치 못한 이별을 만나게 된다.

만남 뒤에는 반드시 이별이 오기 마련이다. 인간관계는 서로를 알아가며 친밀하게 지속되지만 유한한 삶 속에서 결국은 끝을 만난다. 함께 나누었던 시간 속에서 친밀감이 깊었다면 이별의 아픔은 몇 배나 더 크게 우리 마음에 상처로 맺힌다. 그래서 이별이 싫은 것이다.

이별을 잘 다룬다는 것은 무엇일까. 어떻게 하면 이별 앞에서도 아름다운 추억은 남기고 아픔은 피해 갈 수 있을까.

인간관계의 마무리란 쉬운 일이 아니다.

"좋은 관계는 받는 만큼 주는 것이다."

사회교환이론 social exchange theory

사회생활을 하며 유지하는 원만한 대인관계는 삶의 질을 좌우하는 중요한 자산이다. 사회교환이론은 대인관계를 잘 하기 위해서 '주는 것'과 '받는 것'이 확실하게 이뤄질 필요가 있다고 주장한다.

대인관계에서는 한 사람이 상대를 위해 에너지를 쏟으면 상대로부터도 그만큼의 에너지와 보상을 원한다. 물론 주고받는 것이 언제나 동등할 필요도, 그럴 수도 없지만 우리는 무의식적으로라도 내가 들인 비용과 받을 이익을 계산하면서 인간관계를 이어간다. 내가 쓴 비용에 비해 얻는 이익이 적은 일방적인 상황이 지속 되면 그 관계는 끝내 유지되지 못한다.

여기에서의 비용은 비단 물질적인 것만은 아니다. 상대를 위해 쓰는 시간, 상대를 향한 정성과 노력 혹은 호감 등이 다 포함된다. 당연히 이익도 금전적인 것에 국한되지 않는다. 즐거움, 행복감, 만족감과 같은 긍정적인 감정이나 우정, 동료애와 같은 사회적 지지 등도 이익에 포함된다.

대인관계에서 우리는 상대방에 대한 기대치를 갖는다. 만일 기대하는 바가 전혀 없다면 그것은 관계로서 의미가 없다. 심지어 부모의 자식 사랑에도 자식이 잘되길 바라는 기대는 존재한다. 지속 가능한 대인관계란 일방적이지 않고 호혜적이다.

예를 들어, 어떤 남자가 어떤 여자에 대한 호감을 품고 있다고 가정하자. 그는 그녀를 위해 많은 시간과 공을 들임으로써 그녀의 환심을 사려 하지만, 아무리 해도 그녀가 마음을 주지 않을 때, 그 남자는 결국 그녀를 포기하고 만다. 그녀가 자신에게 전혀 관심이 없는 일방적인 짝사랑이라면 대인관계로서 가치가 없다.

직장에서도 마찬가지다. 상사가 팀원에게 일방적으로 일을 시키기만 하고 직원의 능력에 대한 인정이나 보상을 하지 않는다면 그 직원은 마음을 정리할 것이다. 이직을 고민하거나, 지극히 형식적으로 일 처리만 할 뿐 상사에 대한 존중과 일에 대한 책임감은 사라지고 없다.

- 호만스(Homans)

이별의 순간에 확인하는 나의 성적표

경비아저씨가 "사모님" 하면서 특유의 소박한 목소리로 아파트에 들어서는 나를 불렀다. "네~, 무슨 일이세요?" 아저씨는 꽤 섭섭한 목소리로 "저 오늘이 마지막 근무일입니다. 이제 70세로 정년퇴임합니다."라고 했다. 전혀 생각지도 못했던 일이라 잠시 동안 시간이 멈춘 듯했고 곧이어 큰 아쉬움이 몰려왔다.

유독 주민들에게 친절하고 언제나 인자하게 웃는 얼굴을 한 아저씨는 볼 때마다 기분 좋아지는 분이었다. 아파트 경비로서 본연의 업무도 무난히 잘했지만 집을 나서고 들어올

오해받기도 이해하기도 지친 당신을 위한 책

때마다 풋풋하게 인사를 나눌 수 있는 사람이 있다는 것만으로 경비아저씨의 존재감은 컸다. 아이들도 경비아저씨를 만날 때마다 공손하게 인사하는 법을 실천할 수 있었다. 새벽에 일찍 나갈 때도 처음 만나 인사를 나누는 사람이 경비아저씨고, 내가 피곤한 하루를 마치고 늦은 밤에 귀가할 때도 나에게 인자한 인사를 건네는 분이었다. 하루의 시작과 마무리 시간에 기분 좋은 사람과 마주친다는 것이 얼마나 큰 행운인가.

게다가 그 경비아저씨의 태도에는 뭔지 모르나 주민들의 마음을 참 가볍게 해주는 편안함이 배어 있었다. 이방인이 그저 이 동네로 출근해서 아파트 경비를 선다는 의무감이 아니라 자기 일을 사랑하고 아파트에 대한 소속감과 일의 책임감이 있었기에 그런 태도가 자연스럽게 나왔으리라고 믿었다. 이런 생각이 짧은 찰나 동안 머릿속을 훑고 지나간 이후 난 이렇게 물었다.

"그럼 아저씨는 이제 퇴임하고 어떻게 하실 건가요?"

"잠시 좀 쉬다가 다시 일자리를 찾아보려고 합니다."

"네, 건강도 좀 살피시고요. 어디서든 환영받고 좋은 일 다시 찾으실 겁니다."

"고맙습니다."

아쉽지만 짧은 대화를 마치고 아저씨는 여느 때와 다름없이 주민들에게 배달된 소포를 분류하고 아파트 입구를 찬찬히 돌아보며 주변 정리를 시작했다. 그 모습을 보면서 그 아저씨는 어디에 가서 어떤 일을 하더라도 긍정적인 에너지를 발산하면서 주변인들을 기분 좋게 만드는 사람이 될 것이라고 확신했다.

　우리 삶 속에서는 필연적으로 누군가를 만나고 헤어진다. 헤어짐이라는 것. 그것이 영원한 이별일 수도 있고 일정한 시간이 지난 뒤에 다시 만나는 잠시의 이별일 수도 있다. 이별이라는 단어를 쓰지만 다 같은 이별은 아니다. 이별 후에 속이 후련하고 묵은 체증이 내려가는 경우도 있고 이별로 인해 가슴이 저미고 무너지는 아픔을 겪을 때도 있다. 이런 차이는 상대에 대한 나의 감정에서 나온다. 뒤집어 보면, 내가 상대에게 어떤 인상을 남겼는가에 따라서 상대가 나와의 이별을 맞는 태도가 달라질 것이다.

　이별 앞에서는 나란 사람의 성적표가 확인된다.

　이별에 대한 흔한 문구로 '드는 사람은 몰라도 나는 사람

오해받기도 이해하기도 지친 당신을 위한 책

의 빈자리는 크다.'가 있다. 떠난 사람의 자리가 유독 티 나게 허전하다는 단순한 의미만은 아닐 것이다. 만남보다 이별의 중요함을 전달하는 메시지다. 만남은 비로소 관계의 시작이니 그 가치를 섣불리 알 수 없고 인간관계의 잘잘못을 평가할 수도 없다. 앞으로 잘 행동해야 한다는 미래의 의무감이 있을 뿐이다.

반면, 이별 앞에선 이제껏 진행된 작은 역사를 바탕으로 추스를 것이 많다. 그동안의 시간에 대한 평가도 이뤄진다. 그래서 우리는 이별 앞에 더 큰 가치를 둔다. 이별의 순간에 마무리가 개운치 못하면 그 잔재가 내 안에 남아서 썩어 가니 피해는 고스란히 나에게 돌아온다. 게다가 지저분한 마무리는 언젠가 우연히 내 앞에 불쑥 나타나서 나를 곤란하게 할 여지를 남긴다. 한 사람에 대한 인상은 이별의 순간을 통해 진하게 남는다.

이별을 대하는 시간 속에서, 나의 모습은 어떻게 남을 것인가.

크게 고민해 볼 일이다.

인간관계의 마무리는 반드시 아름다워야 하니까,

너의 행복은 과연 나에게도 행복일까

　오랜만에 옛 친구가 전화를 했다.

　최근에는 전화보다 메시지로 소통하는 것이 일반적이라 전화가 온다는 것은 대체로 급한 일이거나 그만큼 중요한 일일 때가 많다. 그래서 이렇게 전화를 받을 때는 약간 긴장된다. 나의 오래된 대학 친구가 거의 일 년 만에 전화를 걸어왔고 나는 설레는 마음에 잔뜩 높은 피치의 목소리로 반갑게 전화를 받았다.

　아니나 다를까, 그는 아주 기쁜 소식을 전화를 통해 전해 줬다. 아마도 친구는 이런 좋은 뉴스를 문자나 메신저가 아닌 육성으로 직접 전달하고 싶었을 것이다. 그리고 나 역시

오해받기도 이해하기도 지친 당신을 위한 책

이런 좋은 일을 직접 말로 전해 들을 수 있어서 좋았다. 우리 둘은 통화 내내 잔뜩 기분이 고조되었고 온갖 축하의 말과 감사의 답을 교환하며 덕담 퍼레이드를 하던 중 당장 만날 약속을 잡았다. 얼굴을 보고 축배를 들기로 약속한 뒤에야 전화를 끊었다.

그리고 약속한 날이 되어 만나자마자 우리는 축배를 들었다.

나는 친구에게 축하 꽃다발을 전달했고 친구가 기분 좋게 한턱내는 자리에서 우리는 무려 3시간을 내내 떠들었지만 마치 3분이었던 것처럼 시간은 후다닥 지났다. 오랫동안 변함없이 서로를 위해 주며 보낸 우정의 시간만큼이나 내 친구가 잘되기를 바라는 마음이었다. 헤어지는 순간에도 마음이 뭉클했고 돌아서 집으로 오는 발걸음은 사뿐히 가벼웠다.

누가 보면 가족도 아닌데 왜 네가 신나서 들썩거리느냐 할 수 있다. 남 잘된 일이면 그냥 진심을 담아 말 한마디로 축하하면 됐지 왜 유난스럽게 호들갑이냐 할 수도 있다. 남 잘된 일을 샘내지 않고 진심으로 축하한다고 말할 수 있는 사실만으로도 훌륭한 인성을 가졌다고 칭찬할 수 있다.

하지만 가까운 사람의 경사를 내 일인 양 신이 나서 함께 기뻐하다 보면 그 긍정의 에너지가 내 얼굴에도 환한 빛이 되어 반짝인다는 사실은 경험해 본 사람만 알 것이다. 여기에서 중요한 사실이 하나 더 있다. 내 주변 사람이 잘돼야 궁극적으로 나에게도 득이 된다는 것. 떨어지는 콩고물까지 바라지는 않더라도 최소한 내가 책임을 갖고 도와줄 일 없으니 그것만으로도 내 맘은 편하지 않은가.

안타깝게도 이렇게 진심으로 남의 경사를 내 일처럼 축하해 주기란 쉽지 않다. 남이 잘되는 것에 배 아픈 사람들이 많다. 얼굴 한 번 못 본, 상관없는 남의 경사에는 기꺼이 박수를 치지만 정작 내 주변 지인의 경사에는 마냥 기뻐하지만 않는다. 샘도 나고 질투도 난다.

오히려, "내가 그 사람을 좀 잘 아는데, 사실 이번 일은 그가 잘해서 된 게 아니야.", "아이고 내가 너무 잘 알지. 그거 그냥 운이 좋아서 얻어걸린 일이야." 이런 말로 남의 성공을 애써 깎아 내리지 않으면 다행이다. 하지만 우리는 주변에서 이런 떨떠름한 뉘앙스의 말을 자주 듣는다.

"내가 그와 매우 친한데, 그가 분명히 이렇게 잘될 줄 알았어.", "평소 그의 실력이면 이 정도 성공으로도 모자라지."

오해받기도 이해하기도 지친 당신을 위한 책

"앞으로 훨씬 더 잘될 거야." 이런 말은 의외로 참 듣기 힘들다.

나 역시 내 주변 사람 중에 잘 되는 것을 보고 약간은 좀 배가 아프거나 약이 올랐던 경우가 여러 번 있다고 고백한다. 나도 같이 노력했는데 나는 빛을 못 보고 나보다 좀 못하다고 여긴 그가 더 잘나가는 것 같으면 세상이 불공평하게 보이면서 억울하다. 그런 연유로 주변 지인의 잘됨을 순수하게 축하해 줄 만큼 마음의 여유가 생기지 않는다. 또, 나는 일이 제대로 풀리지 않아 갑갑한데 지인의 큰 성공이 알려지면 그것을 마치 내 일인 양 함께 기뻐해 주기 쉽지 않다. 성인군자도 그건 어렵지 않을까 싶다. 마음이 꽁해져서 내 처지를 비관하지나 않으면 다행이다.

비단, 내 상황이 안쓰러워서가 아니더라도 보통은 뭐 꼭 그렇게 내 주변 사람 잘되는 일에 한없이 기뻐하며 그로 인해 축배를 들지는 않는다. 게다가 그가 이런저런 자랑을 늘어놓기라도 하면 축하는커녕 기분이 상한다. 최악의 상황은 진심으로 축하해 주지 못하는 나의 속내가 표정에 드러날 때다. 다른 사람 눈에 나란 사람은 마음의 여유 없이 속 좁고 샘만 많은 사람으로 낙인찍히는 일이지 않은가.

우스운 일이지만, 이렇게 '남이 잘됨'에 있어서 누구나 한 번쯤 당황하게 된다. 그리고 더 놀라운 것은 남의 잘됨에 대한 배 아픔은 과학적으로도 증명되었다는 사실이다.

일본의 과학자들이 평범한 성인을 대상으로 수행한 뇌 MRI 실험을 통해 발견한 현상이다. 실험 참가자들의 뇌를 분석해 보니 동창이 성공 가도를 달리고 있다고 인식했을 때 뇌의 불안과 고통을 담당하는 부위가 활성화되었고 반대로 동창이 어려움을 겪고 있음을 인식했을 때는 뇌의 불안과 고통의 부위는 활동을 멈추고 오히려 뇌의 쾌감을 담당하는 부위가 활성화되었다.

남 잘되는 것을 보고 진심으로 기뻐해 주기 참 어렵다는 사실이 과학적인 실험으로도 발견된 것이다. 남의 불행이 나의 행복이 될 수도 있다는 것 역시 알게 되었다.

그러니 이제 우리는 마음을 좀 편하게 먹어도 괜찮을 것 같다.

남의 행복이 내 행복이 되지 않는다고 해서, 남의 경사를 진심으로 축하해 주지 못한다고 해서 나의 인성이 잘못되었거나 내가 진정 속 좁은 패배자는 아니다. 오히려 약간의 질투를 느끼는 것은 지극히 자연적인 내 뇌의 과학적인 반응이기 때문에 정상이다. 남에게 진심으로 축하를 건네지 못하는 내 모습에 '나는 왜 이렇게 못났을까'라는 자책은 접어두어도 된다. 이는 인간적이고 자연스러운 평범한 사람들의 모습이다. 이러한 본능을 극복하며 남 잘됨을 진심으로 축하해 주는 단계에 올라가려고 굳이 애쓸 필요도 없다.

이런 부담은 덜어내고 내 마음 가는 대로 편하게 살아가도 되지 않을까.

남의 행복과 성공을 진심으로 축하하며 함께 축배를 드는 것은 내 아량의 크기에 따른 것이 아니다. 지금껏 그와 나 사이에 축적되고 형성된 인간적 관계의 질에 따라 결정된다.

결국, 인간관계의 문제일 뿐이다.

주 는 것 없이
좋은 사람과
괜 히
싫은 사람

　주는 것도 없는데 좋은 사람이 있고 괜히 그냥 싫은 사람
이 있다. 나만 그런 느낌이 있는 것은 아닐 테고 나도 누군
가에게 주는 것 없이 좋은 사람이거나 잘못한 일도 없이 싫
은 사람이 될 수 있다. 내가 남에게 주는 것 없이 좋은 사람
이라면 큰 문제 없지만, 가만히 있는데 싫은 사람은 되고 싶
지 않다. 나한테 딱히 큰 잘못한 것도 없는데 어떤 사람이
싫어지는 이유는 도대체 무엇일까.

　다양한 이유가 있겠지만 확실하게 영향을 미치는 요소 하
나는 대화 중에 있다. 대화가 진행될 때 우리들이 기대하는
바는 내 이야기에 대한 상대의 공감과 적절한 반응이다. 상

오해받기도 이해하기도 지친 당신을 위한 책

대가 일단 내 얘기를 잘 들어준 다음 거기에 맞는 화답을 해주기 원한다. 그런데, 공감은커녕 남의 이야기를 듣다 말고 자신의 이야기로 대화의 화제를 끌어가는 사람들이 있다.

A 타입.

"내가 얼마 전에 사진 공모전에 출품한 작품이 은상을 받았지 뭐야!"

"나도 사진을 좀 찍거든, 옛날에 학교에서 중요한 이벤트가 있으면 내가 늘 담당이었어."

"…"

B 타입.

"내가 얼마 전에 사진 공모전에 출품한 작품이 은상을 받았지 뭐야!"

"축하해 정말. 어떤 주제였어? 사진에는 언제부터 그렇게 취미를 붙인 거야? 바쁘게 지내면서 사진출품까지 하다니 대단하구나."

"사실은 내가…"

A 타입.

"이 옷 남자친구한테 선물 받았어."

"내 남자친구도 예전에 옷이랑 가방이랑 사준 적이 있거든… 요즘에는 그가…"

"…"

B 타입.

"이 옷 남자친구한테 선물 받았어."

"예쁘다! 좋았겠네. 무슨 이벤트가 있었던 거야?"

"응, 그게 사실은…"

A 타입의 대화 상대는 딱히 큰 잘못은 없는데 정이 가지도 않고 좋은 감정이 생기지도 않는 스타일이다. 이런 대화를 하는 부류와는 다시 또 대화하기 싫다. 반면, B 타입의 대화를 하는 사람이라면 언제나 반갑고 기분 좋다. 결국, A 타입의 대화를 하는 사람은 그저 싫고, B 타입의 대화를 하는 사람은 주는 것 없이도 마냥 좋다.

조상이 남겨준 속담 '말 한마디로 천 냥 빚 갚는다.'는 이런 맥락에도 적용된다. 상대의 마음을 헤아리는 말만 잘 해도 내 삶에 커다란 득이 될 수 있다는 깊은 뜻이 담겨 있다. 내가 누군가의 호감을 얻기 위해 거금 들여 선물하지 않아

도 이렇게 맞장구를 쳐주고 상대의 말에 관심 갖는 반응만
잘 하더라도 인심을 얻을 수 있다. 주는 것 없이도 좋은 사
람이 될 수 있다면 큰 노력 안 들어가는 이런 언행을 아낄 이
유가 없다.

전화할까?
말 까?
할 때

힘들 때 내 마음을 알아주는 사람이 있다면 그 사람과의 우정은 끝까지 간다. 반대로 내가 어려울 때 나를 외면했던 사람이라면 그때부터 그와의 관계는 단절이다. 흔한 말로, 어려운 일 한 번 겪으면 인간관계 한 번 정리하는 기회가 된다 하지 않던가. 비단 이렇게 역경 앞에서 뿐만이 아니고 좋은 일이 생겼을 때도 비슷하다. 나한테 경사가 났을 때 진심으로 축하하고 함께 기뻐해 줄 수 있는 사람도 의외로 적다. 겉으로 마지못해 축하한다는 인사를 건네지만, 속으로는 샘이 나서 죽을 지경인 사람도 많다.

어떻게 아느냐면, 그냥 티가 난다. 이런 인생의 변곡점을

오해받기도 이해하기도 지친 당신을 위한 책

돌 때마다 인간관계의 진가를 확인하게 된다. 씁쓸해지기도 하지만 나 자신은 다른 이에게 어떤 존재인지 돌아보는 기회이다.

일단, 나의 지인이 슬프고 힘든 일을 겪을 때, 나는 무조건 전화나 연락을 취하는 편이다. 혹자들은 조심스러워서 연락을 꺼린다고들 한다. 아픈 마음을 괜히 건드려서 상대가 더 힘들어지는 것을 우려해 한동안 연락을 안 하는 것이다. 그렇게 시간이 한참 지나고 나면 정작 그가 어려운 일이 있을 때 내가 모른 척한 것 같은 자책이 들어서 차마 그에게 다시 연락하기가 무안해진다. 자연스럽게 관계는 단절된다.

막상 어려운 일을 겪었던 당사자는 자신과 나름 가깝다고 여겼던 지인이 힘들 때 연락 한 번 없었다는 사실에 몹시 서운했고 다시는 그 사람을 안 보고 싶을 수도 있다. 한발 앞서나간 판단과 그에 따른 오해가 인간관계의 단절을 불러온 셈이다.

나의 소중한 지인이 아픈 터널을 지나고 있을 때, 내 위로 한마디는 생각보다 그에게 커다란 위안이 된다. 그는 현재, 세상 앞에 혼자 남겨진 듯한 외로움과 절망에 빠져 있는데 누군가 편안한 안식의 언어를 전해오면 생각보다 크게 치유받는다. 어차피 그의 힘든 상황은 내가 해결해 줄 수 없지만, 그가 혼자가 아니라는 느낌이라도 받을 수 있게 토닥여 주는 것은 나의 몫이다. 그의 상황을 어찌해 볼 도리가 없으니 시간이 지나 극복될 때까지 좀 내버려 두어야겠다는 배려도 의미 있지만 말이다.

이번에는 반대의 경우도 생각해 보자.

내 주변 지인 중에 축하할 일이 생겼을 때, 내가 과연 그중 몇 명에 대해서 내 일인 듯 진심으로 기뻐해 줄 수 있을까. 혹은 나에게 경사가 생겼을 때, 내 지인 중 누가 자기 일인 것처럼 가식 없이 함께 웃어 줄 수 있을까. 남들은 시샘하고 진심 어린 축하는 잘 안 할 테니 좋은 일은 남에게 드러내지 말고 그저 가족들끼리만 공유하며 자축하자고 한다. 지나친 내 자랑은 남에게 불쾌감을 주지만 마음 편하게 함께 축하할 사람조차 많지 않다는 사실에도 내 마음이 편치만은 않다.

우선 나부터 달라져야 한다.

오해받기도 이해하기도 지친 당신을 위한 책

남의 잘됨은 나에게 나쁠 것 없다. 내 주변 사람이 잘돼야 나도 좋다는 사실을 우리는 잘 인식하지 못한다. 나랑 관계 없는 사람의 업적은 엄청나게 치하하면서도 내 주변 지인의 위대한 업적은 애써 깎아 내리기 일쑤다. 별거 아니라며 과소평가한다. 내 주변에 잘된 사람이 많을수록 나도 덩달아 격이 올라가는 사실을 알아야 한다. 주변 사람은 다 안 되고 나만 잘될 일도 없지만 그런 상황이 나에게 유리한 것만도 아니다.

　　나부터 남의 잘됨을 진심으로 기뻐하며 박수 쳐주자. 그리고 좋은 일이거나 슬픈 일을 겪을 때, 전화할까 말까 망설여질 때, 전화하는 것이 낫다.

이 제
반 환 점 을
돌 았 으 니 까 요

휴대전화 벨이 울렸다.

세상이 무너지는 것 같은 슬픔과 무엇을 어떻게 해야 할지 모르겠는 암담함 속에 빠져 있을 때였다. 누가 어떤 말을 해도 위로가 되지 않는 시간이었다.

"이제 반환점을 돌았으니까요!"

전화를 받자마자 처음 그 어르신이 나에게 건넨 한마디였다. 그 말을 듣자마자 안도의 눈물이 흘렀다. 이제 어두운 시간의 반을 지났으니 고통의 시간은 반도 남지 않은 것이

오해받기도 이해하기도 지친 당신을 위한 책

었다. 얼마나 큰 안심이 되었는지 모른다. 그리고 그런 말을 건넨 상대방이 멀리서 함께 마음 졸이면서 어느 정도 진심으로 나를 걱정했는지가 절절히 느껴졌다. 앞으로 반도 안 남은 그 기간을 희망 속에서 잘 버텨 나갈 수 있도록 나와 함께 하겠다는 응원임을 확신했다. 어르신의 한마디로 인해 나의 흐르는 눈물 속에는 절망이 아니라 저 너머의 환한 빛을 기다리는 희망이 차올랐다.

그 지인은 지금도 나에겐 매우 소중한 인연이다. 절대로 잊지 못할 고마운 나의 인연이다. 어두컴컴한 터널을 지날 때, 나에게 애써 담담하게 반환점을 돌았다고 말해 줬던 그때의 목소리는 평생 내 머릿속에서 지워지지 않을 예정이다.

힘든 일을 겪고 있는 상대에게 희망을 주는 메시지가 얼마나 중요한지 닥쳐 보지 않은 사람은 모른다. 힘듦을 공유하며 함께 슬퍼하는 것만으로도 고맙지만, 눈이 번쩍 뜨이도록 희망에 찬 단서를 하나 던져 준다면 거기서부터 또 어려움을 힘차게 뚫고 나갈 에너지를 얻기 때문이다. 공감의 힘은 크다. 그에 더해, 방향을 안내하는 지혜의 언어는 실질적으로 도움이 된다.

이러한 방향성 제시가 왜 중요한지, 우리는 모르지 않는다. 물컵에 물이 반쯤 차 있을 때, 혹자는 "에이, 반밖에 안 남았군."이라고 실망하지만, 혹자는 "어머, 반이나 남아 있네."라며 기뻐한다. 같은 현상을 두고도 받아들이는 정서가 판이하다. 물컵 앞에서 어떤 반응을 보였는가에 따라 그 순간은 부정적인 감정으로 채워지거나 긍정적인 감정으로 채워진다. 삶의 작은 한 부분이지만 매 순간 긍정적인 시간으로 나를 채운다면 궁극적으로 그 인생은 매사가 잘 풀리는 운수 좋은 삶 아니겠는가.

앞서 그 어르신은 내가 이 간단한 진리를 잊지 않도록 다시금 일깨워 주었고, 나는 그것을 통해 큰 힘을 얻었다.

오해받기도 이해하기도 지친 당신을 위한 책

"외롭다면 자연스러운 것이다."

소속의 욕구 need to belong theory

사회적 동물인 인간은 다른 사람들과 최소한의 인적 네트워크를 맺고 유지함으로써 사회 구성원의 일원으로 소속된 상태를 원한다. 소속감은 기본적인 동기이자 매우 강렬하고 영향력 있는 인간의 보편적인 욕구다.

우리는 누구나 특정한 인간관계 테두리 안에 속한 채 소속감을 느끼며 살아가기를 원한다.

- 바우마이스터(Baumeister)

당 신 은
아 무 개 를
아 시 나 요 ?

　한국의 땅덩어리가 워낙 작다 보니, 한 모임에서 우연히 공통의 지인을 발견할 때가 종종 있다. 어느 대학의 어느 학과를 나왔다고 말하거나, 어느 지역의 어느 고등학교를 졸업했다고 말하면 절반의 확률로 이런 질문을 받는다.

　"어! 나도 거기 졸업한 아무개 아는데, 그 아무개 아세요?"

　반갑다면 반갑겠지만 정말 딱 귀찮아지는 질문이다. 말이 길어지는 것이 꺼려져서 생각도 안 하고 바로 모른다고 성의 없게 답하기도 애매모호하다. 그 아무개라는 사람을 진짜 모를 수도 있지만 알고 보면 지인일 수도 있다.

오해받기도 이해하기도 지친 당신을 위한 책

그 자리에서 나의 그 대답이 무슨 큰 의미가 있는 것도 아니다. 아무개를 아느냐고 물어보는 건 좋은데, 그래서 내가 그를 알면 그다음에 어떻게 할 건지 궁금하다. 평판조사라도 해서 나에게 이익 혹은 불이익을 줄 것도 아니고 말이다. 대개 사람들은 그냥 '아시나요?'하고 묻는 행위 자체에 의미를 두는 것 같다. 대답하는 사람도 여느 인사처럼 알면 안다고, 혹은 모르면 모른다고 말하면 그만일 뿐이다. 사실 별 쓸모있는 대화는 아니다.

한번은 어떤 모임에 참석 중이었다. 우리는 각자 위아래로 한두 살 차이 나는 비슷한 또래였다. 그러다 보니, 대학 시절의 놀이 무대도 비슷했고, 인맥 커뮤니티의 반경도 얼추 일치했다. 만나서 이야기를 나누기 시작할 즈음, 결국 누군가 '아시나요?' 질문 세례를 터뜨리기 시작했다. "어머, 그 학번에 아무개라고 있는데, 제 사촌이 같은 학번이거든요. 아시나요?", "어머, 우리 언니가 같은 직장 다녔는데, 부서는 다르겠지만, 아시나요?", "어머, 제 친구랑 그 아무개랑 사귀었는데, 아시나요?"

사실, 다른 안건을 두고 의견을 나누기 위해 어렵게 시간

맞춰 모인 자리였는데 눈치 없는 '아시나요?' 질문으로 인해 주제가 산으로 가기 시작했다. 물론, '아시나요?'라는 질문에 '예'라고 대답하는 순간 대화의 방향은 완전히 다른 쪽으로 틀어지며 헤어 나오기 힘든 깊은 심연 속으로 빠져든다. '아시나요?'에서 당사자를 아는 사람들은 그렇다 하더라도, 당사자를 모르는 사람은 옆에 앉아서 정말 재미없고 관심도 없는 대화를 들어야만 하니 고역이다. 그걸 모르지 않으면서도 습관처럼 '아시나요' 하고 맥락 없이 묻는 태도는 어디에서 비롯된 것일까? 학연과 지연의 정이 여전히 의미 있는 한국의 정서 때문만은 아닐 것이다.

'아시나요?' 질문을 싫어하는 나 역시 이러한 질문을 던지는 데 예외는 아니었다. 처음 만나는 학부모와 이야기를 나누는데 그가 외교관 가족인 것을 알게 됐다. 딱히 공통의 이야기 주제도 없고 그냥 어색한 상황에서 나도 모르게 이렇게 질문할 뻔했다.

"저도 외교관 가족을 몇몇 알고 있어요. 혹시 OO 나라 OO 나라에 발령받았던 아무개 외교관 가족을 아시나요?"

하지만 턱까지 올라왔던 그 질문을 꾹 누르고 다른 화제를 꺼냈다.

오해받기도 이해하기도 지친 당신을 위한 책

"아프리카에 발령받아 가면 컴파운드에 머문다면서요?"

그랬더니 상대방은 내가 컴파운드를 안다는 사실에 반가워하며 활짝 웃고 화답했다. 굳이 누구를 아느냐고 묻지 않더라도 다른 요긴한 화두를 통해 공감대를 형성할 수 있음을 우리는 기억해야 할 것 같다.

'아시나요?'의 질문은 인적 네트워크가 확인되지 않음으로써 불안과 초조함에서 나오는 인간의 본능적인 행동이다.

인간은 다른 사람들과 함께 어울리며 사회적 소속감을 느낄 때 안도한다. 사회적 존재로 살아가면서 자연스럽게 크고 작은 인간관계를 구축하고 조직의 일원으로 자리하고 싶은 욕구는 본능과도 같은 것이다. 적어도 사회적 존재로서의 인간이라면 최소한의 인간관계를 만들고 유지하려 한다는 것이 보마이스터(Baumeister)가 말하는 '소속의 욕구'다.

소속의 욕구는 낯선 사람을 만났을 때 제대로 발동한다. 당장 자신의 앞에 있는 사람과 끈끈한 인간관계를 맺어야 할 필요는 없지만, 우리는 본능적으로 누군가를 만나면 상대방과 어떤 인간적인 관계의 끈을 찾으려고 한다.

이때, 가장 쉽고 간편한 방법이 내가 알고 있는 아무개를 당신도 '아시나요?'라고 묻는 일이다. 공통의 인물을 안다는 것만으로도 즉석에서 인간관계가 형성된다. 공통의 인물과 맺고 있던 관계가 강하면 강할수록 지금 내 앞에 있는 어색한 사람과의 관계 역시 더 친밀하다는 느낌을 가지며 편안해지는 것이다. 지속하지 않더라도 당장 그 순간만큼은 상대방과 나 사이에 소속감이 생겼다고 여기기 때문에 어색하고 불편한 상황일수록 '아시나요?' 질문이 더 자주 나온다.

인간은 사회적인 동물 맞다. 혼자 있으면 외롭고 누군가와 소통하며 그들과 함께 공동체를 이뤘다는 느낌을 갈구한다.

'너는 혼자가 아니야!'

이 말은 우리에게 큰 힘을 주는 위안이자 긍정적인 사고를 하도록 만드는 에너지다. 이러한 말이야말로 인간이 늘 추구하는 소속감의 욕구를 단박에 채워 주는 말이다.

아무개를 아는지 모르는지는 상관없다. 그저 그렇게 물어봄으로써 당신과 더 가까워지고 싶고, 당신과 최소한의 인간관계를 형성하고 싶다는 본능에 충실한 껍데기뿐인 질문이려니 하면 된다. 너무 지나치게 '아시나요?' 질문에 집

오해받기도 이해하기도 지친 당신을 위한 책

착하는 사람을 본다면 그는 분명히 남들보다는 좀 더 인간 관계에 목말라 있을 것이라 짐작하면 된다.

다 수 의
취 향 이
나 를
속 일 지 라 도

'오징어 게임'이라는 넷플릭스 드라마가 전 세계적으로
흥행을 거뒀다. 주인공 이정재는 아시아 최초로 에미상 남
우주연상을 수상했다. 드라마 속에는 기성세대 어린 시절
의 향수를 불러오는 게임들이 가득했다. 그렇지만 스토리
전개를 보면 향수에 젖은 게임들이 생존경쟁의 수단으로 탈
바꿈했고 처절한 삶의 막다른 골목에 선 사람들이 자신의
목숨을 걸고 게임에 참석한 가운데 최후의 승자 단 한 명으
로 살아남기 위해 싸우는 피비린내 나는 경쟁이었다. 관람
도중에 나도 모르게 눈을 감으며 끔찍한 죽음 앞에 몸을 떨
었던 장면도 있었고 반대로 옛 생각에 젖어 마음이 따뜻해

오해받기도 이해하기도 지친 당신을 위한 책

졌던 장면도 있었다.

너무 자극적이라는 점에서 이 드라마에 대한 호불호는 확연히 갈렸다. 이를 증명하듯 전 세계 초중고등학교에서는 할로윈데이 의상으로 오징어 게임 출연자들이 입었던 옷을 금지하는 초유의 사태도 벌어졌다. 토론의 여지가 있긴 하지만 분명한 것은 전 세계인이 한국의 작품 오징어 게임에 주목했다는 사실이었다. 내가 출장차 잠시 미국에 갔을 때도 그들은 내가 한국인인 것을 알면 여지없이 오징어 게임에 대한 이슈를 대화 소재로 올리며 열광했다.

"몇 편까지 보셨나요?"

"게임에서 지는 사람을 그 자리에서 죽이는 모습이 무서웠어요"

"내 아들은 다 봤는데 저는 미처 다 못 보았네요"

외국인들의 다양한 반응이었다. 오징어 게임으로 인해 월드 클래스 한류 열풍의 위상이 더욱 상승한 것만은 확실했다.

당연히 한국 미디어는 온통 오징어 게임 이야기로 도배가 됐다. 수많은 평론과 기사가 여기저기에서 눈에 띄었다. 사람들을 만나면 오징어 게임 이야기가 한 번쯤은 꼭 화두가 되었다. 그야말로 전 지구적인 글로벌 대유행이었다. 그럼에도 불구하고 나는 오징어 게임에 별다른 큰 감동이나 흥미를 느끼지 못했다. 너무 잔인하고 무섭다는 인상이 컸기 때문이다. 후속작이 나온다고 하더라도 과연 또 보게 될지는 의문이었다. 남들이 다 보니까 나도 안 보면 소외감을 느낄까 염려돼 꾸역꾸역 보긴 했으나 나의 취향을 다수에 맞추는 것이 쉬운 일이 아님을 깨달았다.

유행이라는 것은 다수에게 관심과 호감을 받는 그 어떤 현상의 결과물이다. 다수가 환호하니 사회는 그들의 의견으로 떠들썩하기 마련이다. 그렇다고, 유행을 따르지 않는 소수가 틀렸다고 볼 수는 없다. 그저 다수와 소수의 취향이 확연히 다른 것일 뿐이다.

소수의 취향, 남들이 알아주지 않는 나만의 취향은 나에게 가장 소중하다.

다수와 공감하지 않아도 전혀 상관없다. 취향이라는 것은 개인적일수록 나에게는 더 빛나는 자산이 된다. 이 세상 모든 사람들이 좋다고 하는 그 무엇도, 내 취향이 아니면 나에겐 별것 아니다. 다수의 취향에 공감하지 못한다고 외로

오해받기도 이해하기도 지친 당신을 위한 책

위할 필요도 없다. 소수의 취향을 가진 사람들이 만나면 그 공감의 시너지 효과는 몇 배 더 커진다.

괴로움을 참아 가면서 애써 다수의 취향에 맞추려 나를 속이지 말자. 굳이 그들의 리그에 내가 속하지 않아도 나에게 소중한 것은 여전히 나에게 남는다.

대답 없는
그대를
오해하지
말자

오래된 지인이 있다.

그리 친하지는 않았지만 그렇다고 서먹한 관계는 아니다. 적어도 나는 그렇게 생각했다. 가끔 연락을 주고받으면 쾌활했고, 자신이 먼저 자리를 주선해 나를 초대하는 일도 가끔 있었으니 말이다. 지인들을 만나는 시즌인 연말연시가 다가와서 이번에는 내가 먼저 초대를 했다. '오랫만이네, 연말도 되었으니 우리 한번 봐야지. 이번 모임에 와줄 수 있어?'. 그런데 예전과 달리 지인의 반응이 늦었다. 그나마 마지못해 보내온 듯한 답장도 건조했다. 지인은 나의 초대에 미온적인 반응만을 보였고, 언제 어떻게 하겠다는 이야기

오해받기도 이해하기도 지친 당신을 위한 책

도 없었다.

　기다리다가 나 역시 약간의 귀차니즘까지 발동하였기에
서로 바쁜가 보다 생각하면서 그냥 그렇게 그 초대는 흐지
부지 사라졌다. 그리고 일 년 정도의 시간이 지난 뒤 우연히
지인의 SNS를 확인하게 됐는데, 그와는 '친구' 네트워크가
끊어져 있었다. 내심 놀랐고 그제야 예전의 그 뜨뜻미지근
한 반응이 이해됐다.

　SNS 관계 단절이 별것 아니게 유치할 수 있지만 은근히
신경 쓰였다. 내가 뭐 잘못한 게 있는지, 나에게 서운한 점
이 있었는지 돌아봤지만 딱히 그럴듯한 이유는 찾을 수 없
었다. 그래서 주변의 다른 사람들에게 수소문해 보니 그는
나뿐 아니라 꽤 여러명의 사람들과 예전의 돈독한 관계를
단절한 채 지내고 있음을 확인했다.

　내가 모르는 사이 지인의 신변에 안 좋은 일이 생겼을 수
도 있고, 아니면 다른 일이 너무 바빠져서 더 이상 예전의
지인들과 친하게 지낼 필요를 못 느꼈을 수도 있다. 본인에
게 유용하지 않은 사람들을 정리하고자 했기에 태도가 미온
적이었다면 다행이다. 단절된 인간관계에 그다지 연연하지
않는 나는 그냥 그렇게 그 지인을 내 마음속에서 떠나보냈
다.

돌이켜보면 나도 그런 적이 있었다.

살다 보면 다양한 이유로 더 보고 싶지 않은 사람이 생긴다. 별로 또 만나고 싶지 않은 사람이 있을 때는 답변을 시큰둥하게 한다. 빨리 답장하지 않고, 구체적인 계획 따위에는 절대로 동의하는 법이 없다. 행여나 사소한 핑계라도 생기면 그것이 마치 피치 못할 사정이라도 된 듯이 부풀려서 확실하게 만남을 거부해야만 하는 동기로 삼는다. 이럼에도 계속 구애하듯 연락을 해오는 사람에게는 아예 답장도 하지 않음으로서 과감하게 관계를 단절하고는 했다.

스토킹은 그렇게 시작된다.

상대는 원치 않는데, 눈치 없이 계속 연락을 취하는 행동이 이어지고, 상대가 내 맘같이 친근하게 응대해주지 않으니 오기가 발동해 점점 더 강력한 메시지를 더 빈번하게 던짐으로써 말이다. 그 누구도 자발적인 스토커가 되고 싶지는 않을 것이다. 반드시 유지해야 하는 인간관계란 세상에 없다. 나를 향한 메시지가 형식적이면 그때는 마음을 접어야 한다. 내가 미련을 못 버리고 마음이 약해져서 닫힌 상대 마음의 빗장을 열려고 하면 할수록 그 관계는 꼬인다. 동시

오해받기도 이해하기도 지친 당신을 위한 책

에 내 모습은 초라해진다. 거절당했다는 느낌에 사로잡혀서 자존감이 낮아지고 정신도 피폐해질 수 있다.

누구라도 나와 소통하고 교류하는 것을 꺼리는 눈치가 있다면, 바로 즉시 거기에서 관계를 마무리하는 것이 현명한 선택임을 제안한다. 대신, 나를 필요로 하고, 나를 좋아해주는 사람들과 훨씬 친밀한 관계를 돈독히 쌓아가며 스트레스 없이 즐겁게 살아가는 것이야말로 내 인생을 기름지게 해준다.

외로운지　지한지
건울　　외
우　　　　건
건　　　　우

　우리는 문득문득 '아~ 우울하네.' 이런 한숨을 쉬는 적이
생긴다. 나만 그런가 싶어서 주변 사람에게 물으면 십중팔
구는 그들도 갑자기 우울할 때가 있다고 답한다. 심지어 흐
린 날에는 우중충한 하늘 아래서 마음까지 잿빛으로 무겁게
가라앉는다며 힘들어한다. 그렇다고 그들이 심각한 우울증
에 빠져 있는 것 같지도 않다. 하지만 이런 우울감 의심 현
상은 때때로 우리의 머릿속을 스치고 지나간다. 우울감이
유발되는 동기는 그야말로 그때그때 다르다.

　우리는 모두 우울증 초기 환자인가? 사실, 현대인들의 황
폐해진 정신세계에 대한 우려스러운 시선은 이미 기정사실

오해받기도 이해하기도 지친 당신을 위한 책

이 된 지 오래며 익숙하다. 우울감이란 어쩌면 현대인과 동행하는 삶의 필수 아이템이 아닌가 할 정도로 사방에 존재한다.

"나 요즘 우울해."

이런 말을 가끔 하며 위안과 보상을 기대하는 때도 적지 않다.

"쟤 좀 우울해 보이는데?"

안되어 보이는 사람을 가리키며 그가 우울할 것이라고 단정 지을 때도 종종 있다.

"으아~ 진짜 우울하네."

하던 일이 생각대로 안 됐을 때, 우울하다고 외쳐 보기도 한다.

우리 입에 이렇게 쉽게 오르내리는 우울함이란 무엇일까.

학계에서는 진작부터 우울감에 대해 정의를 내려놓았으며 우울감 정도를 체크할 수 있는 척도 또한 이미 만들었다.

미국 정신과 협회는 우울감(depression)을 '감정에 부정적인 영향을 미치고 생각과 행동에도 좋지 않은 영향을 미치는 보편적이지만 심각한 질병'이라고 규정했다. 우울감이 있으면 슬픔을 느끼고 한때 좋아하던 일에 대해서도 흥미가 떨어진다. 결국, 우울감으로 인해 정신적 신체적 문제가 야기되며, 일상생활은 물론 직장에서도 정상적인 활동을 하지 못할 지경에 이르기도 한다. 심리학 분야에서의 우울감은 비록 질병으로까지 확장하지 않더라도 자신의 존재 가치를 상실하며 삶의 흥미를 잃어버릴 정도의 부정적인 감정적 상태를 의미한다. 그래서 우울감이 있는 사람들은 슬픔, 절망, 염세, 자기비하를 경험하고 일상의 흥미와 에너지를 상실한다.

이렇게만 보면 우울감은 가히 어마 무시하다. 그런 우울감을 두고 우리가 아무렇지도 않게 '난 우울해'라고 말할 수 있겠는가.

가만 생각해 보면 우리는 우울감에 대한 큰 오해를 품고 있다. 여태껏 내가 우울하다고 인식했던 그 감정은 놀랍게도 우울감이 아닌 다른 엉뚱한 느낌일 때가 많다.

나의 경우 우울하다는 느낌이 들 때마다 나는 무료했었다. 같이 밥 먹을 사람도 없었고, 수다를 나눌 상대도 없었다. 약속은 하나도 없고 그저 별 계획도 없는 채 운전을 하며 집으로 향하거나 멍하게 집에 앉아서 창밖을 보고 있을 때였다. 머릿속이 텅 빈 느낌이고 몸은 좀 피곤해서 땅속으로 가라앉는 듯했다. 무기력함이라고도 할 수 있겠으나 좀 더 정확하게는 무료함이었다. 한가로이 아침 운동을 하고 아무도 날 찾는 곳이 없는 날이었으며 급하게 해야만 하는 일 없이 그저 혼자 무료했던 때였다.

아무 생각 없는 머릿속은 멍했고 가끔 그러한 무료함이 마치 우울감인 양 나의 기분을 가라앉게 했다. 용케 누군가 만날 일이 생기거나 갑자기 내가 해야 할 일이 생기는 순간부터 이런 침체된 기분은 거짓말처럼 사라졌다. 웃음이 나오고 목소리 톤이 올라갔다. 무료함을 깨버리는 그 어떤 작은 단서라도 등장하면 우울감으로 변장했던 침체된 감정은 싹 사라졌다. 내가 5분 단위로 일정을 조정하며 지냈던 시절엔 무료함이 우울감으로 인식되는 일은 결코 없었다. 하지만 평화롭고 한가할 때는 한가함이 갑자기 우울감으로 둔갑해서 나를 엄습했다.

우울감은 다양한 방식으로 우리를 찾아올 것이다. 안 좋은 일이 닥쳐서 절망 끝에 우울감에 빠질 수도 있지만, 평범한 일상에서도 별다른 이유 없이 우울감이란 감정을 마주하게 될 것이다. 앉아 볼 시간조차 없는 바쁜 사람에게도 우울감은 찰나를 틈타 파고들 수 있다. 다양한 사람들과 활발하게 교류하며 사교적인 삶을 사는 사람에게도 문득 우울감의 감정이 돋아나기도 한다. 갑자기 떼돈을 번 사람도 가만히 밥을 먹다 쌩뚱맞게 우울해지는 경우가 있다.

그러니 내 곁에 아무도 없어서 순간적으로 잠깐 심심한 것을 우울하다고 할 수 없다.

일이 잘 안 풀려서 갑갑한 것을 두고 우울하다고 말해도 안 된다.

표정이 밝지 않다고 해서 우울한 상태라고 평가하는 것은 실수일 수 있다.

우울감이 높은 사람들은 불면증도 심하다는데, 오전에 너무 많은 커피를 마셔서 카페인 영향으로 정신이 말똥말똥하거나, 생각이 많아서 잠들지 못하는 것일 수 있으니 이 역시 우울하다고 확신할 일은 아니다.

보고 싶은 가족과 떨어져 있을 때, 우울한 것이 아니고 그리움이 너무 커져 슬픈 것이다.

진행하는 사업이 난관에 부딪혀 우울하다면 그것은 또다시 도전해야 하는 과업 앞에서 기막히게 암담한 것이다.

우리는 그런 부정적인 감정들이 진짜 우울감이 맞기나 한지 면밀하게 바라봐야 할 필요가 있다. 다른 연유로 생겨난 감정을 무조건 우울함이라고 단정해서 멀쩡한 나를 우울증 환자로 오해할 수 있기 때문이다. 이 감정의 실체를 파악한다면 의외로 간단한 해결책을 분명히 찾게 된다. 십중팔구 지금까지 나는 다른 어떤 상태와 우울감을 착각하고 있을지 모른다.

　물론 이러한 감정들이 앞서 정의된 '우울감'으로 다가가는 전조증상일 가능성도 있다. 그 우울감이 착각에서 비롯된 것이 아니라 실제로 심각한 단계의 우울감이라고 판단되면 즉각 의학적인 도움을 받아야 한다.

　하지만, 우리가 허구한 날 경험하는 그 우울하다는 느낌의 실체는 진짜 우울감이 아닌 다른 그 어떤 요인으로부터 파생된 엉뚱한 감정일 가능성이 높다.

나 에 게 서
너 에 게 로
가 는   길

'너 자신을 알라'

이 말은 고대 그리스 시대 아폴로 신전에 새겨져 있는 경구로 지금까지도 전해 내려오는 말이다. 동서양을 막론한 학자들은 세상 사는 법에 대해 궁금해하는 자들에게 우선 자신을 먼저 아는 것이 중요하다고 가르쳤다. 자신을 안다는 것은 매사에 자아개념이 바로 서야 한다는 뜻이다. 남과 어울려 살아야 하는 넓은 세상으로 나가기에 앞서 나를 올바르게 비춰 보는 거울 앞에 서야 한다는 말이다. 내가 어떤 사람인지 나에게 설득한 다음 남들과 어울리는 순서를 지킨다면 그 어떤 인간관계라도 무난하다. 이런 나는 타인과 잘 공감하는 원만한 인간관계를 가진 사람이 될 것이기 때문이다.

아무리 내가 나를 잘 알아도 사람들을 만나고 그들과 관계를 유지하면서 살아간다는 일이 때때로 나를 피곤하게 만든다. 까탈스러운 사람을 만나 진을 빼다 보면 내 자존감이 낮아지기도 하며 벽창호 같은 사람과 소통 같지도 않은 소통을 한 이후에는 가슴이 답답해 스트레스가 쌓인다. 사람들과 대화 하는 것이 꺼려지고 급기야 만사가 귀찮아져서 아무도 없는 산속으로 들어가 혼자 도를 닦는 게 낫겠다 싶을 때도 있다. 대인기피증에 걸려 버릴 것 같기도 하다.

우리가 박애주의자가 될 필요까지는 없다.

그러나 사람을 아예 안 만나고 살 수 없는 이상 사람이 부담스러워 피할수록 나만 손해다. 이기적인 태도를 유지하는 것도 한계가 있다. 사람을 미워하며 살다 보면 결국에는 나의 내면에 상처가 생긴다.

인간을 미워하지 않는 방법은 타인을 나와 상관없는 남으로 인식하기보다 그들 역시 나처럼 자신만의 고유한 자아를 가지고 있는 하나의 소중한 인간임을 인정하는 것이다. 이런 관점을 가질 때부터 내 마음이 편안해질 것이다. 살면서 나를 이해해 주는 사람을 만나면 그는 쉽게 나의 친구가 된다. 내 곁에 머무르며 나와 계속 소통하는 사람들이 어떤 이들인지 살펴보면 그들은 대개 내 말과 행동이 어떤 연유에서 나왔는지 충분히 알고 공감한다.

인간을 탐구했던 커뮤니케이션 학자고, 좀 더 인간적인 내용으로 사람들과 소통하고 싶었던 나는 이 책을 통해서 나의 메시지를 던졌다. 적어도 내가 아는 바, 원만한 대인관계는 어려운 일이 아니다. 이 사실을 꼭 알았으면 한다. 사람이 살아가는 모습 안에도 알고 보면 공식이 존재한다. 별생각 없이 던지는 말과 행동에도 작동원리가 숨어 있다. 그렇기 때문에, 우리가 무능해서 사회적 관계에 뒤처지는 것이 결코 아니라고 다시 강조하고 싶다. 우리가 잘 몰라서 사람을 대하는 일이 어려운 것이다.

나는 우리가 세상 사람들을 사랑하고 이 세상을 더 아름답게 바라볼 수 있다고 믿는다.
"너를 잘 몰랐어."
"내가 너를 오해했나 봐."
"너의 행동에는 그런 뜻이 있었구나."

오해받기도 이해하기도 지친 당신을 위한 책

이렇게 말할 수 있을 때 비로소 따뜻한 인간관계가 맺어지기 시작된다.

오해받기도
이해하기도 지친
당신을 위한
책

글 황유선
발행일 2022년 12월 15일 초판 1쇄

발행처 다반
발행인 노승현
책임편집 민이언
출판등록 제2011−08호(2011년 1월 20일)
주소 서울특별시 서초구 신반포로 47길 12 유봉빌딩 4층
전화 02) 868-4979   **팩스** 02) 868-4978

이메일 davanbook@naver.com
홈페이지 davanbook.modoo.at
블로그 blog.naver.com/davanbook
페이스북 www.facebook.com/davanbook
인스타그램 www.imstagram.com/davanbook

ISBN 979-11-85264-63-9 03810